中谷順子詩集

Nakatani Junko

JN132119

新・日本現代詩文庫 168

土曜美術社出版販売

新・日本現代詩文庫　168　中谷順子詩集　目次

詩篇

詩集『白熱』（一九九七年）全篇

詩集『敗れ旗』（二〇〇六年）全篇

第二章・ギヤマンの壺

詩集『缶蹴り』（二〇二二年）全篇

I

Ⅱ

Ⅲ

未刊詩篇

エッセイ

解説

中谷順子年譜

詩篇

詩集『白熱』（一九九七年）全篇

序にかえて

港

こんなところに帰りたい
と
望むようになった
そこは満天に星を抱く山里でもなければ
山椒魚の住む清いせせらぎの一隅でもない
そこはくたびれた入り江からのぞむ
一枚の写真
時代に取り残された　一枚の港町
そのカメラマンの呑気な視線の　背後に
川端康成の執拗な目を感じたのは
どうしたわざだったのだろう

鏡のような内海の水面には
夏の夕陽が
無数の
小魚のうろことなってひるがえっていた
わたしもいつか
困憊と哀しみとにくたくたになって
絶望をつめた荷物を背負い　ふらふらと
その町を訪れるのだろうか
そして知らない漁師に向かって
気軽に声をかけるだろうか
傷つき帰ってきた舟のように
寂しく己れを笑って

いつの頃からか　一枚の港町から
潮流のかすかな音が
聞えてくるようになった

磯のかおりを含んだしおからとんぼが
たるんだわたしの頬をつついて
ふるえる尻尾の影を落とし
飛んで行ったりした
桟橋にぶちあたる行場のない波音
枕の下で聞く潮騒
失望と疲労とがわたしをそこへと追い込んだ
何ひとつそよぐものもない
内海の夕凪の時刻に
気のすむまで
じっくりと考えてみたいことがある
空きかんや捨てた靴や歯型のある西瓜と共に
そこは魂の行止りの場所だ

その思いは
年ごとに激しくなる
年ごとに……

やがてその思いはわたしを飲み込んで
夕陽にぎらつく一枚のうろこに
変えることだろう
しかし　そのときになっても
その懐かしい港町を訪れることはない

肉筆

以前、さる講演会で寺田弘さんに宮沢賢治の手帳をみせてもらったことがある。むろん、複製ではあったけれど。だが私には本物でも複製でもどちらでもよかったのだ。エンピツで草書に書きなぐられた薄い筆跡の聞きなれたあの詩、「雨ニモマケズ」の文字をみたとき、この手がかすかに震えたのを覚えている。

それは何とも不思議な出会いだった。見てはならないもの、三千年の営みの歴史のあいだ持ち続けてきた人間の脆弱さのようなものにふれた気がして、星まで一直線に伸びていく人の望みの悲しさに出会ったような、言い知れない肉感の淋しさを味わったものだった。詩人とはこんな風にしか生きられないものなのだろうかと。

今年は賢治の生誕百年にあたる。岩手にできた記念会館にはきっとその本物の手帳が展示されていることだろう。だが私は見に行くのは控えようと思う。あの手帳はガラス箱の中で開かれ多くの人々に覗き込まれるような性質のものではないのだ。あれは詩人のどうにもならない淋しい心の嘴から嘴へ、一灯の火のように移されていくものなのではないか。

指

とあるデパートの屋上で、蝶の標本をみたことがある。そこは人工造園による見事な滝と楢の木の茂る一画で、滝から落ちる虹色に緑の楽園を遊ぶ蝶の姿を垣間みた気がして、遠い秘境に思いを馳せたものだった。

ところが、その標本を眺めるうちに、妙な感覚が私を襲ってきた。恥かしいところも全部見えるように押し広げられている蝶の標本。精巧な観賞玩具の、その薄い羽も、その触手も、その腹も、その側面も、種別を示す複雑かつ幾何学的模様から個性をあらわす襞まで全部、鱗粉の輝きもそのままに押し広げて、手元の灯りにかがみこみ、そのひとつひとつをひたすらピンで留め続ける男の太い指。その指にからみついている抑え難い孤独が私を襲ったのだ。

器用な手付きにまで専門化した無言の作業を、ここまで強いているものは一体何なのかと。そして、かたくなに背を向け屈みこんでいる男の武装した影を覗きこんだとき、空へ空へと逃れようと登ってきた私は、ふいにピンで刺された蝶の標本に変格していたのだ。

翳り

鵜原の岬で、断崖下と断崖下の間に横たわる、不思議なほど透明で沈静な海水を覗き込んだときのことだ。ふいに誘われるものを感じて、めまいのする目を松原に転じてみた。その静かだったこと。太陽は真上を示していて、私の他には仲のよいカップルが一組、かわるがわる深淵を覗き込んでは、初夏の叢で足を滑らすまねをしていた。

兜の形をした泥岩から流れ出た土模様が、岬に吹きつける風によるのか、美しい緑のなかに崩れやすい地盤を覗かせて、流水の形をした精神状態を引き起していた。

私は三島由紀夫の「岬にての物語」の文章を懐中にしていた。そして、豪華絢爛といわれる彼の文章が、精密なる写生によって写しとられていることを発見して驚いた。そのとき、三島の文章の背後にあるものが、鵜原の景色もろとも私の中に入り込んでしまったらしいのだ。

それは彼自身のというよりも、人生そのものの持つ悲哀であったろう。鵜原から戻ってきて、どうしてもそれを振り切ることができないでいる。どうやら、今までとは違う私の生き方と繋がる進路に踏み込んでしまったようなのだ。例えば沈黙の翳りと呼ばれるようなあの睫の下の深い溝に。

海の顔

伊豆の蛇行した海岸線に沿って、下りては又登り迂回する山道を歩いていたときのこと。

見えない海の怒号とすすり泣きに誘われていたにちがいないのだ。陽も差さない樹々のぬかるんだ道に、滑らぬように渡してある細枝の、まるで人生の小さな境目を飛ぶかのように、横木から横木へと足を運んで……たぶん結論のない川底を私は歩いていたのだと思う。

そのときである。

ふいに欠落した明日をのぞきこんだように、地面の小窓に海の顔が開いているのを見たのは。

遥か下には、すさまじい勢いで砕け散る白泡が、蒼い海の色とまじりあって渦巻いていた。海の上に立っているのだ。私は反射的に空を見あげた。地面と空がひっくり返った。そんな感じがしたからだった。見てはならぬ海の苦悶の形相を私は見たと思った。

そのあと、L字に曲った山道の崖ふちから、空洞の下に広がっていた海の全景を私は見ている。海は丸みを帯びた岩石の浜に巨大な海獣の身体をさらしていた。

そのときから、都会の雑踏の下にも海があると私は思うようになった。人の苦悶の数だけ海への入口はある、そう思えてきたのだ。私は未曽有のエネルギーを隠し持った海の顔に、一心に念じはじめる。逆巻け、私の内臓よ逆巻け……と。するとふてぶてしくも、私は自分を海のなかに投げ入れようと、できぬことをがんじがらめの中で夢想し始めるのである。

洞穴の中の村

それはそうと、と私は新聞記事を見ながら考えている。中国南部・ベトナム国境に程近い雲南省広南県の山奥の大きな洞穴の中にあるという村のことを、それから人生の不思議と愛について、あるいはそれとは全く別な……それはどうやら四十億光年の闇を貫く光の孤独と関係があるらしいのだ。

不幸の数ほど幸せはあるにちがいない。幸せは形をなさないが、不幸は一条の星光となってどこまでも貫いて行くにちがいないのだ。

屋根のない村、まぼろしの村。全く違った夢をみて眠る透き通った繭の村。屋根の下にいて、屋根のない村について考えている。あるいは全く別な……例えば戦争とは屋根の下に住みたいと願うことから始まるのではないかなどと。昔戦禍を避けて住みついたこの村の悲しみは、もしかしたら深く地球に根を張っていて、東京湾やニューヨークやアラブや地中海と繋がっているのではないかなどと。あるいは全く別な……

それはそうと、と私は考えている。不可思議な人生の行方、愛の行方にどこかに出口はないものだろうかなどと。小さな希望を体内で燃やし続ける蛍のように、洞穴の奥深く蒼い空を眺めている一つの窓について考えてみる。そして、蒼い空までとうとう手垢に汚してしまった人間の夢と欲望の果て……その空の向こうに、文明の埒外にぽっかり開いた、蒼い洞穴の村への入口を探してみるのだ。

白熱

真夏の熱射をさけるようにして飛び込んだ、三十三間堂で、見たものがある。

地の底から読経のように涌いてくる暗がりを、何千体という仏身が発する方状形に居並んだ炯眼、その細身の光背の居合抜きに似た閃光、講堂内を駆けめぐる無言の畏敬に、思わず声をのんで立止まった。

これほどまでも荘厳でまとわなければならないものとは何だったのかと。

古い木扉の桟を這う不思議なまでに静寂な白熱の光をみたとき、境内のすさまじい裸土の熱射の上に、私は癒やすことのできない取り返しのつかないもののあることを知ったのだ。目を固く閉ざした女の睫に走る悔恨の内なる声に脅えながらも。

それからというもの、人生の白い真昼の月を仰ぎ見た女は、三十三間堂の長い廊下を、自分に似た一体の仏を求めて、永い時間を流離《さすら》わなければならなかった。

声

金属の手すりの冷気に、皮膚が吸いついてしまうのではないかと思われた青森の夜の駅で、足を引き摺る雑踏の音を聞きながら、脱落の甘美な思想に酔い知れていたことがある。

ふいに無言のまま闇の崖を転落する、その喜びに似た退廃の思想が包み込み、その前途のなさが私を魅了し、ミステリアスな幻想の悪夢に酔いしれ、ほとんどケラケラと笑う人の気分でふわりと青森の駅に着いたのだった。

刃物から発する妖気がシュウシュウと音を立てるかのように薄煙を這わせて、濡れるでもなく晴れるでもなく、また曇るでもなく、右から左へ、左から右へと不思議な影を貫いてくねったと思うと、闇の中には誰もいない。

乗り換えを終えた駅の青白い光がレールの上を走り、無言の時間に向かって闇のなかに消えていったままである。そのとき私は、恐山の小石を躓き渡る一羽の蝶のことを考えていたのだ。幽玄の世界を往来する蝶のことを。

Yよ
私たちは皆無防備な白い手の持主なのではないのか。

その夏Yの――修学旅行の途中に崖から転落死したYの声を聞いたのだ。声が判別手段になることを身を持って知ったはじまりである。

貝

恥の触覚にふれた
貝は恥の触覚を持っている
青い光の海からすばやく飛び退いて
砂を蹴散らし
頭から泥の中へともぐり込んでしまった
二枚貝の赤く染った耳のいじらしさよ

昔、私は青森県鰺ヶ沢の海岸で、その貝に出会ったことがある。

当時の私は敗北感を味わったばかりで、居たたまれない感情から「わぁ」と叫び出し、駈け出したい気持ちにかられながら、どしゃぶりの津軽をリュックひとつで彷徨っていたのだ。私だけの誰にも話せない個人的な恥の感覚にさいなまれながら……

そうじゃないか、行動とは常に個人的な傷口をさらす以外にないしろものなんじゃないのか、Yよ

私は声を上げて貝を笑った。そして、引潮にとりのこされたようなあのときの淋しさを忘れられないでいるのだ。それは恥というもののもつ永劫の淋しさへの漂流のはじまりだったのかも知れない。

今でも、あのときの貝を思う。闇のなかでさえ、きつく瞼を閉ざして、恥の苦悩に疲れ果て泥のなかで眠っている孤独な姿を。そして、もっともやわらかな部分を晒しては、砂を食んで生きていくしかない自分の姿を重ねてみるのである。

百合

部屋にたちこめるカサブランカの強い香りを嗅いだ。昼よりも黄昏になって強く匂う哀しい属性が、吸う息とともに胸に深く入りこんで、高貴とも、みだらとも、いまわしくも馥郁たる華燭の香り、反り返る化粧の空しさ、さめざめと泣いてみたい感情にとりつかれたのはこのときである。

外には雨が降っている。白々しい沈黙が壁を這う。カサブランカはきまじめな顔をして、部屋の隅の電話台の上で猫のようにじっとしている。

そのとき花弁は急に振り向いたのだ。何年もの年月をひょいと飛び越えた猫のしっぽのように。そして、失った過去の影を見るかのように悲しげに。

私は起上がって花の有様をしげしげと見詰め直した。だが花は、陶製の置物か何ぞのように孤独な夜の部屋で目を開けたまま、ぶらさがった照明のようにじっとしている。

富士

「これは……」と絶句したあと、「富士ではないよ」とぽつりといった。富士見パークラインから、裾野まで広がる富士の全貌を眺めたときの話である。

出発したときには霧がかかっていた有料道路も、蛇行し登るにつれて晴れてきて、富士の頂上を閉ざしていた雲も一気に吹き飛んでしまうと、目前には、認識を破るかのように美しい富士と裾野が、ある部分は峻立し、ある部分は横臥して、いかにも悠然と、又みやびやかに姿を現したのだった。「オオッ」という感嘆の声と、「これは……」という絶句が交じり合って一行は釘づけになった。

「富士ではない」と漏らしたのは、そのときである。同様に、大井松田から眺めた赤富士も、新幹線から眺めた大富士も、あれは富士ではないというのだ。

「じゃあ、本当の富士は?」

すると彼は笑って話さないのだ。重ねて聞くと、呟くように話し出した。昔、汚ない下宿屋にいた頃の、小さな高窓から眺めていた富士、小指の爪のように小さく空に浮かんでいた、透明なあこがれにも似た白い影の富士がそうだといった。富士はそういったものだ、とも言った。

古井戸

洞窟を落ちる岩水のように、ぴしゃんと重い音をたてて落ちて行ったものがある。そこは祖母のいた伊勢の古井戸で、湿った苔の匂いがした。それだけのことである。

それなのに、今になって、私はあっと声をあげないではいられないのだ。胸のなかに巣くいはじめた重いしじまを落ちるその音を聞くたびに……思い知らされるのだ。生きていくことの暗さに巣くう深い水底の旧家の血の壁の汚れ。澱みきった血の容赦のない滅びへの志向を……落ちるしかない。

あのとき人生の空しさのような白雲の流れ

は、そこから羽ばたこうとする、せめてもの私の希望だったのだろうかと。

あのときからだと思う。諦めへの志向がふいにカラカラと底知れない甕を落ちる乾いた音をたてはじめ、闇のなかを救いのない白蛾が舞いはじめたのは。そして、私は払い落とそうとした年月の長さに復讐されたかのように、深い井戸の底の白い月を覗き込まされている。

無言の死

ある夏、私は菩提寺の境内を横切ろうとして、異様な光景にたじろいだ。そこには何百という熊蟬の死骸が落ちていたのである。どれもこれも無雑作に、ぽつねんと、孤独に。熊蟬は汚い色の蟬である。もし、熊蟬が綺麗な羽をもっていたとしたら、どんな凄惨な死でも私は受け入れただろう。うじ虫に喰われる死。それは美しいものの宿命にも思えるのだ。それなのに神から見捨てられたあの靴先に触れる軽い羽、手足を縮めた、あの諦めきった死が忘れられない。

囲繞するビルの隙間から仰ぐ夏の蒼い空の下で、私はふと蟬の声の驟雨を浴びた気がして立止まることがある。地上に登ろうとするまばゆい階段の途中や、ウインドウのぎらつく反射の下で。

そして、決ってあのときの熊蟬の休息の姿を思い出すのだ。あのとき境内には清浄な光が差していたのだろうかと。私はいつか来るにちがいない無言の時間をあのときの死骸と重ねてみる。そうだ私もいつかあのように力尽きて倒れるにちがいないと。すると、あのときの境内の孤独は、私のせめてもの願望であったようにも思えてくるのである。

土佐

坂本竜馬をみたのは小学生の頃だ。

その頃高知に住んでいて浦戸の海によく泳ぎにいった。地平線の遥か彼方に限りないロマンを追う男の立像。その熱いものがどこからくるのか私にはわからなかった。黒潮たぎるその海の向こうにエゲレス、イスパニア、ルソン、アンナン、カンボジアの地を夢想する土佐人の反骨を、その視線のなかに理解したのは、それからだいぶ経てからのことだったけれど。

風土とは不思議なものだ。

風土は人々に熱いロマンを吹きつける。

土佐に行かなくなってもう三十年になる。私の土佐も遠くなってしまった。それなのにふと都会の雑踏のなかで、あの視線に出会うことがある。おくれ髪も、袖も、袴の裾も海風になびかせて、遥か遠くを眺望し続ける男の立像、その淋しい視線の行方に黒潮燃える土佐の海を追ってみたりするのだ。

年ごとに私のなかの土佐は膨らんでくる。

碧色の海を羽ばたかせながら……

白い雲

碓氷峠の近くにある、妙義山を目指していたときのことだったと思う。白い雲や鳥影や細枝の震える影が逆さまに映る、あの孤影の住む水たまりを覗き込んだのは。

今ではすっかり、そのときの眺望を忘れはてしまっているが、どういうわけか、岩陰にひっそりと身を隠すようにして瞳を天に向け見開いた水面の、百合の花のように鎮まった有様だけは覚えている。それを見たとき、誰にも邪魔されない世界のあることを私は知ったのだ。

太陽はまだ真上にあって、陽光は睫を眩しく照らしていた。周囲はし～んとして冷たい風だけが尾根を通り抜けていった。私は耳を澄まして山の中の清い鈴の音を聞こうとした。

それなのに、不用意に覗き込んでしまったのだ、天への入口を。

そこには意外にも髪を頭から、耳元から、首筋からいからせた暗いお化けがいた。目は魚のようだった。お化けの影の背後を青空が、流れる白い雲とともに動いていった。

そのときはじめて、山を登って来た自分の本当の姿を知ったのだ。人生という暗い水底を覗き込んでいる一匹の鬼である私を。

もし、あのとき覗き込まなかったとしたらと、考えることがある。今でも自分の姿に気付かないで、平気で、あの天への道を歩いていられたのではないかと。そして、どのみち自分の足を汚して渡るしかない人生のからくりに遭遇するたびに、ふと、あのときの白い雲を思い出すのだ。

どぶ板

どぶ板を渡った。その遠い日の花火のような音を今でも覚えている。どぶ板を渡ることは戦いに行くことと同じだった。そこを境にして逼塞した暮らしからやぶにらみの世間へ、越えるときには決心がいる。行ってきます、どぶ板を踏む音は決心の挨拶となった。

傷つくことを自由のあかしと思おうとしていた日々。当時の心境を思い出して苦笑せざるをえない。思わず辺りを見回したこともある。まし、わざと笑顔で飛び出したこともある。また反響の小ささに意気消沈したこともあったようだ。そのようにして、私はただ傷つくとに強くなろうとしていたのかもしれない。

今思い出してみても冷や汗が出る。果たして同じ音を響かせた日があっただろうかと。その日その日を渡る人の心理に違いがあるように、音はいつも新しく、いつもどぎまぎさせて、思いとは常に食い違う世間のように、踏むたびに意外の深淵を大きくしていたのではなかったか。浜辺で喜々として遊んでいた小さな男の子の影法師が、飛上がったまま止まってしまったような淋しさのなかで。

土地は日当りが悪くて、どぶ板が乾いている日は少なかった。そのために音は底が抜けた太鼓のように湿っていた。乾いてしまうことを頑固に拒んでいたあの頃の私のふてくされた東京での生活。あの頃を思い出すたびに、軋んだどぶ板の先端が鋭く跳ね返ってくるのを覚えるのである。

火傷

函館の近くの上磯というところで、幼い頃を過ごしたことがある。そのとき燃えさかるダルマストーブで火傷をした。そのため私の右手の甲には今もってうっすらと火傷の跡が残っている。

その火傷をとおして、遠く北海道と繋がっている自分を思うことがある。吹雪に閉ざされた欲望、凍った空、夜の窓に冷たく映る苛立ちの炎。燃え盛る炎のなかに凍結した闇のあることを私はいつ知ったのだったか。指の向こうに吹雪いている山が見えはじめると、とたんに手の甲が疼きはじめる。記憶は消えてしまっても火傷の跡だけは覚えているにちがいないのだ。

一日中ストーブの前で過ごした。母はその前で編み物をした。何をあんなに俯いてせっせと編み込んでいたのだろう。睫の影を暗くした母はまるでそこから逃れようとするかのように急に立上がると、力まかせにスコップを黒い塊に突っ込んでは口を開けて放りこんだ。そのたびに壁一面に大きく揺らいでいた不吉な影は止り、母はまるで遠

い吹雪の音に耳をそばだてるように、じっと
何かの訪れを待っていたのだ。

あのときから私のなかに冷たく入り込み、尻
尾を巻いて座り込んでしまったものは一体何
だったのだろうか。

火傷の向こうにどんよりとした灰色の空をみ
ることがある。言いようもない心細さで覆い
尽くしてくる悲しみの全貌を塗りたくった
空。その空の下で、訴えたいような泣きたい
ような拳骨を固めてみるのである。

蝿

ジ、ジ、ジと　燃え尽きる灯の音をたてて
くたびれた残り火のように
硝子戸に羽根を打ち続けている
弱りきった蝿よ。
今夜も寝つかれないままに寝返りを繰り返し
闇のなかに目を光らせながら
書けない詩に頭を悩ましている私である。

情熱が涸れたことを私は知っている。
補う体力も及ばないのを知っている。
私の詩が何にもならないことも知っている。
詩人にすら読まれないことも知っているの
だ！

えてして、何にもならないものに熱心なのは、
私の悲しい血だろうけれど、詩人は天使にな
れるなどと、ありもしない、無責任きわまる
至上の光を吹込んだ男もいたのだ、悪人！

枯木に未練がましくも引掛かっている
紅葉の一葉よ

お前は一体何をしているのだ、そこで。
ジ、ジ、ジと、燃え尽きる灯の音を立てて、
硝子戸に身を打ち続けている蠅の空しい羽音
を聞きながら、逃すことも殺すこともできな
いでいる私である。

冬の蠅

地殻という言葉をころがしてみる。土煙に落
日を追い　ひたすら　自分というものに出会
ってみたいと思うのである。

匈奴の馬が疾走する姿を夢想する。鼻息荒い
その顔　夕日に黒い遠景　狂おしい血の高揚
を私は得たいと欲しているのだ。

そのくせ今夜も眠れない手元灯りの下で私は
詩を書いている。詩を書く以外に何もない。
私の詩はとっくに行き詰まってしまってい
る。それを認めたくないばかりに　うじうじ
と　今宵もくたびれた蛍光灯の焦れた音を聞
いている私である。

ジジジと不燃焼の音をたてて無意味に腰折れ
の跳躍を続けている。
弱り切った蠅よ。
飛べないまま落ちもせず硝子窓に頭をぶちあ
てつづけている　その焦れた姿がたまらない
のだ。

秋の夜長を意味もなく回り続ける水車のように　ふと自分がわからなくなる。背を曲げ手をすり合わせて　何を灯そうとしているのだお前は

家の恥は絶対に書くなといいくるめたかあさん
ええ、書きませんとも！
屈み込んだ手元灯りの下でさえ　自分をさらけ出す詩が書けないでいる情けない私なのだ。

誰に恨みを述べるでもなくいつまでも自問を繰り広げている　その空しい飛翔　せめてもの悲願という名の志だったのか　ごま塩頭したお前の詩魂は
私は夢想する前よりももっと悲しい気持ちになって　がむしゃらにひたすらに地殻の上を疾走しつづけてみるのである。

詩集『破れ旗』（二〇〇六年）全篇

序にかえて

九十九里浜で

海は目の高さにある
押し寄せる厚い胸板よ
だからむきになって
論理《ロジック》を吹っかける
客の引き上げた片貝の海は
旗めいてさびしい

竿旗《はた》　1

いななく馬の蹴り上げるひづめのように
威勢よく空に翻りたい
旗は馬になりたいと思うときがある
あの気炎を吐く鼻柱が振り返るときのように
ダイナミックに反転したい
自分だけでは満足できない
もやもやを振り切ってめくるめきたい

（やっぱり無理かな）

頭にのって舞い上がるだけでは
段々満足できなくなってきた

首を振ってみる
靡かせてはいるが
靡いているのではない
謡をうなるときのように
自己を確認しているだけだ

（やっぱり駄目かな）

旗はぐーんとのびてイメージを作りあげる
まず　たてがみのように燃え盛り
空に炎の輪を描くことを

破れ旗　1

憩いなど求めはしない
慰めなど役に立たない
怒りがなくて詩が書けるものか

旗は舞踊家のように身体をひねり曲げ
自分を痛め付けては身を翻す
ねじ伏せられた首を持ち上げそり返り
あらぬ方向に反転し反逆する

身を躍らせる者よ
夏を過ぎた用なしの竿旗よ
靡くな
日常の矜持を忘れるな

○

風がない
旗は哀れにも消沈して
脚下を眺めている

手もない足もない顔だけの彼が
その顔も無くしている

それでも　日時計のような一本の影が
律儀にも
彼の周りを少しずつ長くなりながら
恨みのように動いていく

長い一日

旗は垂れ下がっていても旗だ

旗は嗤う

——遅れてきた者は、そっと、破れ旗をかざしてみる。

カラカラと声を上げて嗤っている
そのとき初めて嗤えるようになったのだ

旗は　破れているのだと気付いたときから
旗になった

何のてらいもなく空に向かって　大口開けて
転げ廻り　髪振り乱し　じだんだ踏み　かしいで
しようのない奴だなどと自分をののしりながら
声を上げて嗤っている竿旗

一枚の布であった以前の彼は
おのれに巻きついて何もできなかった
くしゃくしゃになりながら自分で自分を結わいて
それでも何かになりたくて
広がること　翻ること　海に向かって靡くことを

夢みていた

——自己認識が全く足りない奴だな
ちゃんと　破れていると認識しなくちゃいけない
所詮　役に立たないボロ布なんだから　破れているんだから

自分のみすぼらしさにはまるで気付かないで
自分で自分を叩きながら
すり抜けていく風に　カラカラと声を上げて嗤っている竿旗

旗は何が可笑しいのか　分かっていない
旗はただ　破れ旗であると思っている

旗の祭り

祭りの終わった朝の浜辺は淋しい
いつしか身に沁みる風が納屋のトタンをめくり始め
忘れられた旗は　いつまでも自分で自分を打ち鳴らしている

誰に呼ばれた訳でもないが
その日　私は早朝の浜辺にいた

縦横に走り抜けた轍の跡だけが
一直線に九十九里浜を貫いて遠く岬の方まで続き
浜辺を妙に人間臭いものにしていた

片貝

それが浜の名
その悲しい響きが繰返し寄せ返してくる波の傍らで
砂に埋もれた紺色の布を見つけた

引っ張り出してみると
それは祭りの旗だった

踏みにじられ　細い竿も折れてはいたが
意外にもくっきりと色を保ち
手のひらから落ちかかる砂を払って
秋の冷風に舞い上がった

○

旗の中に祭りがあった
金色に輝く大きな神輿を　山車をあおった
誰よりもうかれて　誰よりも滅茶苦茶顔になって
わっしょ　わっしょ　さあさあ―さあさあ―
たてがみをゆすり　くるりと回り
ときにはしかめっつらして笑いこけた

しかし　祭りの中心ではなかった

祭りは熱狂する群集にかつがれ　渦を巻いて行ってしまった
祭りが終わると旗は抜かれ捨てられた
それでも良かった
祭りが誰よりも好きだったから

○

祭りの終わった朝の浜辺の　身に沁みる風の中から
笛の音色が聞こえてくる
足音が乱れ騒ぎ　三味線の撥がせりあがる
旗はそれが　淋しい旗の胸の中で鳴っているのを知っている
旗がアクロバットに身をくねらせてみるのは　そんな時だ

旗だけの祭りが始まる

祭りが　トンと足拍子を踏むと
旗は祭りのあとに漂う哀愁の　背渡りの風を巻き上げ
頬を染めて
青白い海の祭りを打ち鳴らしはじめる

包む

一枚の布が
包む

重箱　一升瓶
すいか　ばなな　パイナップル
よく切れる包丁
首！
そして　女性の複雑な曲面も

一枚の布はもたれかかり
撫で　さすり　そっと目隠しをする
からみとり　なよやかにくるみ
ゆるやかに流れ　きつく巻きつく
なで肩に　むっちり胸に　やなぎ腰に

たった一枚の布が　日本の女性を表現する

一枚の布に包まれて届けられる品々
贈る人　受けとる人
その包み方のわずかな形式が
品々を
優雅にも高貴にもした
そんな微妙な思いを分かり合える人々が
いたから

たった一枚の布に託される多くの心
柔軟な生き方　あいまいの美徳　一途な気持ち
そして　ささやかでも足るを知る心
布は恥ずかしさを知る日本人の
潔さを知る日本人の　生き方そのもの

心をこめる
布はその心を包む

しなやかな心は

包容力があってどんなものでも包み込める
ひらひら揺れて軽やかに舞える
身を反らして旗にもなれる
敷いてお店も開けるし
大事なものをくるんで縛ってのがさない
可塑性があって瞬く間に元どおりになる

そして
しなやかな心は　しなやかな心と繋がることがで
　きる
しなやかな心は　しなやかな心を届けることもで

きる
しなやかな心は　もみくちゃになっても泣かない
しなやかな心は　四角くたたんで箪笥の中に大事
　に仕舞って置くものではない
しなやかな心は　第一　疲れたりしない
しなかやな心は　でも　擦り切れる　くたびれる
しなやかな心は…

　ねえ　なでなでして！

竿旗《はた》　2

胸の中でハタハタと鳴るもの
聞こえぬほどに響き合う
そのあるかなきかの　かすかな思いの
めくるめく小さな旋律が
海から呼ぶ声のように　ふと　よみがえる

そんな時だ
布の小さなこと
竿の短いこと
色あせたこと
みじめに破れていることも忘れて
駆け出したくなるのは…

○

一心不乱に首を振る三角旗
金の蜜蜂よ
その短い羽根を振れ　空中に止まって振れ
破れかぶれに振れ　8の字に振り続けろ
遥か遠い憧れへの羽ばたきを求めて

金粉が空を舞うまで

○

胸の中でハタハタと鳴るもの
遠い実在への羽ばたきにも似た
狂おしくも　せつない　胸えぐる懐かしい旋律よ

晴れた日には蒼く澄んだ空のように悲しく
この胸の乾いた響き　うずきにも似た
雲に覆われれば　途端に見失ってしまうような
かすかな…

軋む

生成の痕は
鋭く穿たれたままでなければならない
なのに
海はのんきな平面に見える
それが悲しい

傷痕は自分で埋めるしかない
だから海は永遠に悲しいと　竿旗は思うのだ

旗はぐらあり　ぐらありと　軋んでいる
旗が揺れるのではなく
悲しみが軋む

平行四辺形のかたちは悲しみのかたち
九十九里浜が平行四辺形に揺れている

片貝の海はいつも青葉の光
きらめきつつ　ララどこまでも明るいのだ

傷痕は破片となって平面を滑り落ちる
平面に閉ざされる顔
それが悲しい

旗は鎌首を持ち上げる
生成の行方を見通そうとするかのように

波よ
お前は見たことがあるのか
途方もない虚しさの行方を
生成は繰り返してもあの日は帰らない

旗は平面を捨てた
可笑しな百面相で世間を睥睨し
くしゃくしゃになりながら
自分を嗤う
彼はいつから悲しみを

嗤い描くようになったのだったか
平行四辺形のかたちは悲しみのかたち

夏を過ぎた竿旗《はた》の影は　砂の上にくっきりと
平行四辺形を描きつづける

晩夏

竿旗《はた》は心に楽しむことを知らない
竿旗《はた》は自分で自分を打ち叩きながら
自己の存在を示す以外に
その方法を知らない
竿旗《はた》は垂直に立つ

ジレンマに苦しみ　錐のように傷ましく一点で舞う
キリキリ舞う以外に
自己を表現するその術を知らない

白波さえ色あせてみえる晩夏の真昼
なす術もなく
一点と化した自分の影

竿旗《はた》は人を頼むことを知らない
自分を解き放つことを知らない

濡れた砂に突き刺さるものである
逆らおうするものである
海を睨むものである

しかしながら　いつも裏返され
たたまれ　打ちつけられ
自我に絡みつかれ　もって行かれ
そしてまた　激しくねじ伏せられる

竿旗《はた》はそんな自分に
言い知れぬ嫌悪を抱いている

傾《かし》ぐ

1

海がぐるりと回りはじめる
そのたびに竿旗《はた》は
何だか取り返しのつかないことになったような
惨めな気分になる

無造作に真鍮の穴に突っ込まれた一本の竿旗《はた》

ふらりふらりの人生
竿旗《はた》は人を立ち止まらせる一本の杭になりたいと
か
屹立する木になりたいと別に思っているわけでも
ない
(自分の事は自分が一番よく知っているから)
太陽よ
きっと私の頭の天辺は白く割れていたり
片耳がそげていたりしているのでしょうね
お化けみたいに

竿旗《はた》は来る日も来る日もどうしようもないことを
考えている
どうしようもない今になって
竿旗《はた》は自分に取り付かれて

とうとうぐるぐる巻きになってしまった

○

熱気球が高く昇った昼さがり
光が破片だって　知ってた?
空には大きなプリズムが羽音で回り
無数の測量コンパスが跳ね飛び　三角や丸がここ
かしこ

○

なのに　口をへの字に結び
悔恨の中を腹ばいになりながら
またほぐし　またもつれ　また傾ぎ　また回転し
て
来る日も来る日も　竿旗《はた》は傾いだ心棒を戻すこと

ができない

光の破片が突き刺さった竿旗《はた》は
白い顔を一層白くしている

ともし火

空から落ちてくる白いものの在処に
竿旗《はた》は目を凝らす
遥か遠く小さなともし火が揺れている気もするの
で
この一本道の向こうに
行ってはならない懐かしい場所があるようなので

ともし火に呼ばれている
そんな気がして

竿旗《はた》は小鳥のように首をすぼめてみる
雪は海面の少し手前で次々と消える

（どこへ？）
顔を上げた竿旗《はた》は　途方もなく淋しくなる

そんなときだ　竿旗《はた》が音のない周囲を見回してみ
るのは
根のない自分の存在を虚しく思うのは

（誰もいないのかぁ）

口をつぐんでいる闇に向かって
竿旗《はた》は小刻みに震えながら呼んでみる

薄雲刷いた

旗はみじめな破れ旗
竿はへなった傾ぎ竿
決まってぐらあり　からぐらり
はい　決まってぐらあり　からぐらり

夕陽は赤く　砂浜震え
寄せくる波はから波ばかり
薄雲刷いた茜色　あの辺りに
私のお母さんはいませんでしたか

旗はげらげら嗤い旗
可笑しいのなんのって
自分ほど可笑しい者はありません
砂山なでる影法師の泣き笑い

ぐらあり揺れて　元のまま
自由って　傾いでいることでしょうか
薄雲刷いた茜色　あの辺りに
私のお母さんはいませんでしたか

大売り出し

産地直送「桃」の大売出し
旗は　ねじれた首で手を右に
はい　ねじれた首で　手を右に
桃ぅ　桃ぅ　桃ぅ～　逆方向に桃ぅ　桃ぅ　桃ぅ
バタバタと忙しいのは旗ばかり旗ばかり

大きな蝿がさっきから　ねらっているぞ
暑い太陽　昼下がり

旗は横目で身は左
はい　旗は横目で身は左
てんてこ舞いのお道化お道化

腰をしならせ　桃ぅ　桃ぅ～
竿を登ってまた降りて
足を揚げては宙返り
反り返りハクション　顔をしかめて百面相
思い返して　えへらへら

春は桃の中で静かに熟して行きま～す
竿旗影だけを残して

○

駅前のロータリーにバスがすべり込んでくる
親子づれ　学生さん　桃色Tシャツの女の子

あちらからは背広姿　三人　四人
桃ぅ　桃ぅ　桃ぅ～　安いよぅ
電車がホームから発車していく
ロータリーの周りには三日月形の芝生
その中で手持ちぶさたなタクシー運転手さんが
ゴルフクラブを手にパットの練習を始めた
また一人仲間が増え　また一人増え
よくみると芝生の中に小さなゴールがある
陸橋を車が通る
自転車が通る
パチンコ　アイフル　保険調剤　居酒屋　酔って
け
学習塾　東京ガス　本屋…の看板がぐるり
ミスタードーナツから山下達郎の楽器めいた歌声
ロータリーに車が回りこんできて止まり
ラケットを脇に挟んだ若作りな女が降りる
またホームから電車が発車

反対から電車がくる

○

以前の旗はこうした光景に目を奪われて
人生に期待したりしたものだった
今ハ　ナンモ　期待シヤセン
だから旗はおどけて　ぬっと道端から顔を出したり
通り過ぎる男子の肩を撫でたり　ひっぱったり
女子の頬を舐める
はい　得意の腰をひねらせくねらせ　せり上がり
胴ぶるい　腕まくり　肩泳ぎ　桃ぅ　桃ぅ〜
春の夕暮れは足を無くしました
胴体だけが浮いています
時を断ち切る発車のベル
旗はその度に　春の暮色に追っかけられて
および腰で　せわしくせわしく
哀愁の旗を今日も振るのだ

竿旗《はた》　3

自分の嗤い声を聞いた
一人嗤いの　乾いた響きと言ったら！
その瞬間　空がひび割れる！
旗は夏の過ぎた九十九里の浜辺で
せわしく　小刻みにはためく
過ぎた夏を取り戻そうとするかのように

誰にみせるでもない矜持とお道化
天に向かって真夏の日差しに耐えていたはずが
いつの間にか秋風が吹いている

——君の出番はもう終わりましたよ

自分の中の空虚な時間を
旗は嗤う
空よ　だだっぴろい九十九里浜には
啓かれた空虚だけがあって身の置き所もない

立っていることの馬鹿馬鹿しさ
くるりと一回転し　案山子のように傾いでは
へのへのもへじだ

自分は何をしてきたかと考え込んでみる始末
その深刻な自分に　吹き出してみる日

だらけた　手のない　影のない日常を
抱き締めているしかない
旗は自分で自分を叩きながら
その空虚を嗤う

傾《かし》ぐ　2

暑い盛りに「氷」と書いた旗になることが
案外夢だったのかもしれぬ

夏を過ぎた九十九里浜で
忘れられ　海の中につったつ竿旗《はた》
旗は嗤う

ハタと気付いた　自分の不甲斐なさ　役立たなさ

後生大事に守り抜いてきたものは何だったのかと
旗手になったことなど一度もなかった
まして先頭に立つことなど
最後尾をのこのこ　遅れまいとまごつきながら
何をしていたのだろう

旗は天を睨む
下を向くな　決して涙をこぼすな
海水が人の涙などと思うな

虚しさを巻き　自己の誇りをさらし
明日に手を伸ばしかけては傷つき　はや色あせた
一本足のへのへのもへじ
それもまた人生などと悟るな

彼は近頃　目にみえて傾《かし》いできた
それを人生を斜めに見るのだなどと乙に構えて
うれしがってみせる旗
旗は自分の傾斜を更に嗤う

今も旗は水嵩を増した四方の海や
徐々に高く遠くなってゆく空に向かって
嗤うことを
止めない

破れ旗　2

おかしな奴が多い年代だ。
いつまで経っても「その他大勢竿旗《はた》」
何の役にもたちそうにない。
昔　天皇を迎える学童たちの小旗にされたが
（されたのか　そんなものにお前は）
その時テレビにちらり出たきりで、その後は何のお呼びもない。

先導旗になることなど　最初から諦めている年代
おずおずと周りを見回しながら
「みんな一緒で怖くない」

立つことが生きる証。
立つことが生きる反抗。
傾いでも　踏まれても　立っていたい。
手も足もでなくても立っていたい。
ちくしょう、ちくしょう、と立っていたい。

おかしな心情だけは手放さない、意地でも。
おかしな奴が多い年代だ。
権力への肌感覚のような抵抗。
自分の力などとっくに諦めているはずなのに
それでも靡くことを知らない

それでも、うまくやることを知らない
時代のつけを背負わされて、「しょうがねえなぁ」
お前か?　俺の足を引っ張っているのは。
(お互いさま、かぁ。)
先祖伝来の店を潰した者
尻をまくって辞めた者
でも　屈託がない。
(昔は俺もこんなに札束を財布に入れてだなぁ)
(今ではかあちゃんに小遣いもらう身分　楽、楽)

気が付くと　沈没した者同士。
海の中に一人、また一人　自分の海で自分の竿旗を掲げている。
(破れ旗?　敗れ旗?　やぶれかぶれ旗?)
一人ずつだが　でも生きている。皆笑っている。
皆がそれぞれ好きなところで好きなことをやって

いる。

○

夏をとっくに過ぎた誰もいない浜で
やたらバタバタやっている
九十九里の波の遠鳴り
彼の旗が小さいので。破れているので。

バタバタと抵抗したい。みっともなく抵抗したい。
おーい空よ　おーい海よ　大きいからと威張るな

彼の旗は傾いで　寝そべっているかに見える
頼るものもない浜は、夕陽の中で徐々に遠くなる。
その海に向かって
だだっ子のように　いつまでもバタバタと抵抗し
ている

春と竿旗《はた》

春の夕暮れは足がない手がない薄墨色
あの白い日から　旗は立ち直った覚えがない

春は辛い
きらめけばきらめくほど　辛い
春は胴体をなくした
そのときから首のない胴体だけが寄せてくる

春の音がする九十九里浜で骨を拾う
春の音になだめられた白い骨を

海は千万の平手打ちと黒薔薇の棘
海よ
どのようにおのれを嗤ってみても

このようにしか生きられないのだよ
春は薄墨色の春に行きなずみ
旗は　首だけになって白んでいる

破れ旗　3

はた　はた　はた　はた
夏の過ぎた浜辺で　色褪せた竿旗は
一人嗤う
まだもう少しやれるような気もするし
もう限界であるような気もする
そう感じると余計に旗は嗤いたくなる

旗は嗤う
歯抜けのようにまぬけに濡れ出た息で嗤う

旗は翻り　裏返る
背負うことなどさらさらなかった
これからも何の役にも立たず
でくのぼうで

立たされる存在から立っている存在へと
突き刺さることを夢み
苛立ちに自らを叩き　ちぎれた肉体
空が澄み渡れば渡るほど旗の影が細くなる
ぐるりと一点で回転し傾いだまま
色あせたアルルカンのポーズ

砂の上に刻印された　蝶の黒い影法師
生身から遠く炎天をふわりふわりと
揺れ動く生

はた　はた　はた　はた

旗は嗤い続ける
傾《かし》いだまま睨む空
忘れられた案山子の一本足

軸が傾げば傾ぐほど
旗は嗤う

あとがき

九十九里浜に行きますと、夏でもないのに立っている淋しげな竿旗に出会うことがあります。轍の跡だけがくっきりとついた、だだっ広い寄る辺のない浜に、本当にぽつんと立っていて、海からの激風にそれはそれは騒がしく旗めいているのです。それでも何かの役には立っているのでしょうけれど。だからと言って何の輝かしさもない、むしろ忘れられたように潮風に吹かれています。

私が惹かれたのはそんな哀れな竿旗です。九十九里浜には片貝という土地の名があって、そこに旗めく破れ旗はなお哀れに感じられ、竿旗に人生を思わずにはいられませんでした。

古い話ですが、『ふさの詩情』（一九九一年十一月・千葉県詩人クラブ発行）の取材で、九十九里浜に出かけ、たまたま出会った竿旗が、このたびの詩集のモチーフになりました。二〇〇二年頃から二〇〇五年まで、「旗」シリーズとして二十五篇ほど作詩しましたが、初めからシリーズにすることを意識していたことはなく、在住が千葉県ですので、なんとなく千葉県を題材にしたものをと考えては、ぽつりぽつりと書き続けてきました。その間に、何度か九十九里に足を運びました。

破れ旗は、敗れ旗、又は破れかぶれ旗です。

竿旗を最初から破れ旗とするには、当初の私はまだ夢もあり、又女だてらにと、戸惑いもありました。破れているけれど何とかしなくてはいりないと考えていたようにも思います。年齢を加えますと、いよいよ破れかぶれになってきまして、作風も破れかぶれになり、これはどうしても破れ布にする以外になくなってきましたので、とうとう素直に従いましたの。私のような者がジタバタとみっともなく生きてきた告白です。でも、団塊の世代に属する私にとって、七十年以後、ずっと敗れた中を過ごしてきた気はしていますけれど。

破れていますけれど、しかしながらバタついている竿旗、海に向かって立っている竿旗、このようにしか生きられなかった自分を嗤っている竿旗、と想像して頂ければと思っています。

一九九七年二月に、第三詩集『白熱』を出版して以来、早や九年を経てしまいました。苦節の九年というのでしょうか。その間、励まして下さった「覇気」「撃竹」の仲間、『千葉県詩集』「玄」の皆様に篤くお礼を申し上げます。

発行に関しまして、今回も東京文芸館の森五貴雄氏にお世話になりました。

平成十八年四月吉日

中谷順子

詩集『冬の日差し』（二〇一〇年）全篇

第一章・詩人の耳

目

あのときからだと思う
死魚の目が気になりはじめたのは
あの柔らかな光に包まれた静かな公園の
四季の花々の見事な造営が
惨劇の跡を蔽うための欺瞞工作だと気がついた
あのときから

「いや、鎮魂のためでしょう」と人は云う
だが　私は信じない
それはおびただしい血の跡を隠すための造営

無念に曲げられた　手の指を
じだんだを踏む　踵を
宙に見開かれた死魚の　目を
何食わぬ顔で
埋め込む

それからはどこへ行っても死魚が付いてくる
それは海で死んだ魚ではなく
皿の上で目を見開いている死魚
死んでも瞑らない死魚の目が
闇のなかにぎょろりと
動く

ありし日には　不透明な永遠の光の帯を追い
ありし日には　まだ見ぬ世界へ憧れた
ありし日には　戦争を
ありし日には　神のない日を
ありし日には　運命の寂寞を宿した　その目

身体をなくしても
蔽いかぶさる土くれを貫いて空を凝視しつづけた
あの日

死魚であることの悲しみ
徐々に干涸びる死魚であることの
悲しみ
日本列島は干涸びた死魚の形に似ている

花々に埋もれた公園には
瞑らない死魚の目をつけた　蝶が
あそこにも
ここにも
あの樹の影にも
あの石の裏にも
ひそんでいる

白い靴下

洗濯クリップに吊るされた白い靴下が
三角屋根より高く　高く
ぐるぐるぐるぐる回っているのが見える
アクロバットな足がバラバラに跳ねている

お前はいらない子
お前はいらない子

体をずらすと
網模様のフェンスの下に咲いている薔薇の花が
揺れるたびに　激しく
大きな薔薇の木のトゲに傷つけられている
そして　傷つけられながら笑っている

愛されない子は
自分が愛されていないことを知らない
知らないから　いつまでも笑っていられる

白い息の下で　靴下は白い顔でおどけている
あるいは悶絶している
空は知らない顔をして去り　光は光を叩いている

あっちへいけ
死ンデシマエ

呪文のような呻き声に気づいて
じっとりとした寝汗を抱いて目が覚めた

空

空を切るな
空は鳥たちのもの
葉を広げる梢のもの
獲物を狙うコヨーテのもの
草を食む臆病な羊のもの
地を這うトカゲのもの
沈黙する石仏のもの
みんなのものだ

空を切り売りするな
林立するビルに囲まれた

落とし穴の空は
いらない

はるか遠く蒼空が
小窓のように四角くみえる
その窓に向かって
なすすべもなく
垂直に垂れ下がった腕を
のばそう

腕はどんどんと高く高く
伸びる
伸びる
遠退いた希望のかなたから
空けられた唯一の
自由を吸い込むために

水仙

一輪では　駄目ですのね
私という非衝撃的な存在は。

泣いたあとの笑いのように
今日も
水仙の花が咲いている。

☆

詩人は損をしたっていいんですよ
損をするのが詩人ですから。

損をするのがいいんですよ
詩人は報われない存在ですから。

訳も分からない情熱は

得をする方にはもともと向いていないのですもの。

☆

文句をいいましょう
明日のことに煩いましょう。

身の上を思ってグジグジ悩みましょう
道なんていうへんてこなものに取り付かれましょう
壁に頭をぶつけて苦しみましょう
自分の不甲斐なさにオイオイ泣きましょう
人間なんですから。

☆

泣いたあとの笑いのように
今日も
水仙の花が咲いている。

詩人の耳　Ⅰ

詩人は飛翔します
誰もが考えつかなかった意識のはざまを
いとも軽々と　黄蝶のように
でも　痛々しくも悩ましい蝶の羽音は　隠しています

なんて　ものうい午後でしょう
忘れられた青磁の皿で身を寄せあう　真紅の薔薇影
そこに虫食いの葉を置きましょう
不在の薔薇を引き立たせるための
胸の奥でさやさやと鳴るもの
遠い実在へと飛び立とうとする憧れの羽ばたきに

　も似た
そんなものは聞こえない　ですって
でも　ガラス窓を叩いていますよ

詩人は揺れます　動揺は詩人の本分なので
詩人はめったなことでは安定を求めませんから
詩人は自分の白骨を食らって　生きていますので

アザミに止まった蜻蛉に丸を描きます　そおっと
役に立たないことをするのが詩人なので
そうして　急に
もう戻りはしないひと夏の思い出に　気付いたり
して

ぴーんと立った耳が草むらから見えています
ほら　詩人の耳が飛び出しました
見えないものを追って

詩人の耳　Ⅱ

詩人は　詩を舐めます
ほら　一篇の詩をものにしてやろうと
舌なめずりしている詩人の顔といったら

詩人は　集めた万の言葉を切り捨てます
たった一つの真実の言葉に
小さな翼を与えるために

詩人は知っています
一番大切にしているものから壊れていくことを
詩人の耳は乾いた崩壊の音を
胸の風穴で聞くのです

詩人の羨望の目は

一センチ先を見たい
たとえ　そこは暗黒の沼であっても
傷つかずにはいないのが詩人の特質なので

詩人は万の孤独を食べ尽くします
夜の台所で　おこうこうでも食むように
バリバリ音立てて食べている
詩人の丈夫な孤独の歯の悲しさ

詩人はファの音に生きています
ほら　ドレミの次のファ
どこまでも不安定な音の広がり
半音上がる事も下がる事もできない
だから詩人は
泣きながら秋を歌います

段々気が熟していくのではなく
薄っぺらな気持ちになってきました
平べったく横たわっているよ
　不甲斐ない人生を抱いて

こんなフレーズが頭を回っています

詩人の耳　Ⅲ

詩人は夜の森へと入っていきます
言葉の森へ
虚空から薔薇の花を摑みとるまで
出てきません

詩人は自分の声を疑っています
自分こそ信用してはならない

そのくせ　もっとも感動しやすく
涙もろいのが詩人なんですから　ヤレヤレ

ブリューゲルの絵[*1]の区画整理された畑の連なり
征服された厳しい自然
ここに敬虔なる人々がいます
家々の灯りは犬の匂いと共に暮らしています

詩人に安住の地はありません
詩人は五線上はおろか　升目にすら住めない
しゃぼん玉の庭に住む[*2]のが詩人ですから
中には入れず　被膜の上をくるくると回っていま
す

詩人は暗い夜道をとぼとぼ　とぼとぼ
道にはすすきやつりがね草
振り向いたって誰もいない
しゃがみ込んだって誰もいないんですから

あーあ　救われないのが詩人
訳もわからず駆け出していくのが詩人です

降り積もる雪の中を
切れ味鋭いペンを抱いて

*1　ピーテル・ブリューゲル「狩人の帰還」
*2　ジャン・コクトー「シャボン玉」

沼

鯉は言葉の裏を読む
漆黒の鱗がひるがえる瞬時のさまが
明確にそれを告げている
言葉は金の鱗

刻を告げる長針のおののき
きららめき
きららめきつつ泳ぐ
鯉はその金の鱗を隠し持つ魚
瞬時にひるがえり沼深く沈み
そして何事もなかったかのように
泥の中に潜む

言葉は濁される
言葉は裏返る
言葉は尾ひれを付けて流れ
水音たてて跳ねる
言葉は時おり浮かび上がる
沼に散るさくらの花びらの白い頬
大きく開かれた鯉の口が
又開かれ
又開かれ

無言のまま閉じられる

鯉は言葉の罠を見抜く
漆黒の鱗がひるがえる瞬時のさまが
明確にそれを告げている
水面に映る青空の静けさ
やがて
可もなく不可もなく
何事もなかったかのように
沼は静かに閉ざされる

重い地球が回る日
——自由戦争へ

またも残酷な四月を迎えるのか
もう止められない秒針

くるくる回る地球　ぐるぐる回る命
重い命が軽く　軽い命令が重い

もっとも卑劣な戦となるだろう
武器が進歩すればするほど
文明は卑劣さのみを巧妙にさせ
爆破　爆撃　爆殺　殺戮
生地獄のだましあい

全ては砂塵の中で行われるだろう
砂嵐だけが写る
開かれた報道の中で　正義は
掌からこぼれ落ちるだろう

そのとき人類はまたも失うだろう
大戦ごとに失った人間のあかしを
真実を　愛を　尊厳を

（神の愛も　人の愛も）

ああ　自由が　正義が
こんな使われ方をするだなんて
自由は自由の道をはなれ
正義は正義の意味をなくして
一人歩きを始めるだろう

そして空は人類を嘲笑うだろう
赤子や幼児や子供達の亡霊の声が
いつまでも啜り泣きながら廃墟をさすらい
兵士の霊魂は　逆さ　のまま

百血《ももち》の村

このままで充足しておいでなのだろうか

村はずれの
古い毘盧遮那仏として

首を切られた野仏さまのお顔が
夕日に赤い
小首がかしいでいらっしゃる
まあ　首が落ちそうですわ
そのあぶなっかしさ　もどかしさ
どうしましょう　野仏さま

—むかし昔、この村で戦さがあったそうな
—それはそれはひどい戦さであったそうな
磨耗したその御姿
へこんだだけの眼
切られた首の線だけが鮮明に歪んだ
うなずいておられるようにもみえる
へなへなになっておられるようにもみえる

その昔村に起こった悲惨な事件を
今に伝える物はもうない
伝える人も　もういない
残酷な行いは勝者によってぬぐいさられ
負け戦さはいつまでもぬぐいさられたまま

百血を吸った台地の上の空は赤い
どのようにして差し上げたら　およろしいの?
野仏さま

血染めの夕日が
野仏さまの中に沈んでいる

家——阪神大震災

あのときは　戦争中を生きていたとしか思われま
　せぬ。
と、和尚さまは述懐する。
くの字形に襖の枠は折れ曲がり二十センチも梁が
　落ちている暗い部屋の中でだ
瓦はすべて落ちた　炎は外壁を舐めて黒く燻して
　しまっている

家が傾くとは　このこっちゃと　この家の一人が
　冗談を言う
戦禍にもどうにか持ちこたえてきた家の重みが
　今度の震災にも耐えて
黒光りする床の間の柱を支えている
この家の女主人は電気の使いすぎですぐに落ちる
　ブレーカーの管理に忙しい
おちおち悲しんでいられへんのや　と　から元気
　に走り回る
姉さんあんな気丈なことというてるけど　大丈夫や
　ろか

あのときは　うちの檀家はんにも仰山死人がでは
　りましてなぁ。
車はもうあきまへんのでスクーターで回らせても
　ろて
それで無理して肺をすっかりやられてしまいまし
　た。
もうあかんのです、もうお迎えも近いんですのや。
お経を読みますのんも息が切れます。
それでどなたさまにも失礼して
短こうてすまんことですが　お許し願います。

和尚さまは深々と
この家の女主人にも弔問客にも頭を下げる。
それが限られた自分の人生に詫びを言っているように
も見える。
この家の主人も震災の犠牲者だが　和尚さまも又犠
牲者なのだ。
後遺症は見えないところで根を張っている。
人間はもろい。
その根が深く戦後の日本列島を縦断する。

それにしてもこのお家は
ほんによう耐えておいでなされますなぁ
和尚さまは帰り際にしみじみとふり仰ぐ。
まもなく和尚さまは　小さな子を残して
亡くなられたという。

滑り落ちる——中越地震

一瞬にして緑のまま
緑のままに
山の斜面を滑り落ちていく　樹木の剝げ落ちた山
肌
長年築き上げた村人たちの希望が　村の歴史が
瓦解する

私は今、危篤の病人を訪ねて新潟長岡まで行くの
です
救援物資を詰め込めるだけ詰め込んだ　不安なリ
ュックを背負って
越後湯沢からの代行バスに乗って、小千谷地区を
通って

「五十六歳のまだ若い母の変わり果てた様子にきっと驚かれると思います」

あの人は私の行くのをきっと待っていてくださる
待っていらっしゃい

越後湯沢の駅から見える山の紅葉が実に見事なのです
だから私は尚更に悲しいのです

大男の足跡に出来たという湖や
崩れた山の伝説が日本中に散らばっている
大男のデーダラダッポがこの村にやってきたのだ
なんと貧しい日本　そして　不幸な小千谷
新潟の高度成長に　あんなにまで
邁進しなければいられなかった田中角栄の背景を
見たように思う
—あまりにも痛ましすぎるこの国

うねり曲ってはみ出している中央分離帯
土嚢を並べたままの高速道路を徐行するバス
潰れた家　倒れた墓石
崩れた壁面の向こう側に広がる空白のように　急に押し寄せる不安

一瞬にして裸木となって滑り落ちる

鬼

うるしで塗り込められたつづらの奥に
室町が息づく
安土の闇があえぐ

燭灯に浮かび上がる格子模様の
そのゆるやかなうねりの連なりにうごめく陰影
黒髪のわななき
生首のさけび
寄せくる戦さのどよめき

目を凝らしてみなければそれと分からぬ暗がりに
つづらはあった
つづらはしっかりと闇を抱いていた

情念は闇を引き摺り乱れる
怨念は闇を握りしめ屈む
照明の進歩は　はたして
闇を追いやることに成功しただろうか

（炎は暗く　足元の闇を照らせり）*
安土の闇は　闇を抱いて
今も燃えつづけているのではないか
在りし日の栄華を闇が舞う

* 『聖書』より

空と飛魚

海の中にも空がある
蒼白の空がある
空は網目模様にまことしやかに揺れたり
不透明に乱反射して何かを思わせたりもするが
そこからは神の御光が燦々と

差し込むときもあって奇跡の色を照らし出す

空をめざして天翔る魚よ
歓喜する天女は羽衣をうち広げてゆるやかに舞う
刃物の形したきらめきを擦り抜け
一条の光がおまえの体を輝かせる

岩間から岩間へと神の顔を求めてさすらう
敬虔なる小魚
深海魚の傲慢と暗黒の落剝

けれども　はるかなるものを求めて
突き抜けずにはいられない魚もいるのだ

空の上に顔を出して
その上にも空のあることを知った驚愕
見開いたままの目でのけぞり
空を超える

そして　魚が
魚でしかありえないことの永遠の悲しみ

佐倉の町は…

佐倉の町は　馬の背の町
印旛の沼を背にして海隣寺坂を登った
あの時は確かに振り返ると見えたものが
見えない
その不確かな思いが
過ぎた日々の椿の花となって落ちる

輝いていたもの
心の奥で陽を浴びてきらめいていた

盛り上がり　立ち上がり
ひづめを蹴って
一条に夜を走り抜けていた
かつての白い馬の背が
見えない

佐倉の町は　馬の背の町
海隣寺坂の椿の下を軍馬がくだる
あの時は確かに信じていたものが
見えない
その不確かな歴史の流れの中で
佐倉の町は半跏思惟している

火の声

風は
火を
　切る
　　燃え盛る火
　　　によって
炙り出される　黒い影
　そのたびに
風は　火を切る
　また切る

　　切ることでしか
　関われない
　ものがある
切られることで
しか　　自分を　表せない　も
　　のもいる
たてがみを　ひけらかして　火
は襲う

火の中に立つ　黒い人影
そのたびに風は火を切る
すっぱりと切りとられた炎の切り
口には
人が二人潜んでいる
うらめしい姿を曝し　火は空中を
飛ぶ　　そのとき風は
切るな！　と叫ぶ　鋭い火の鳥
の声を
聞く　のだ

秋の日の問い

なみなみと注がれた壺を持ち上げている
秋の日は
澄んでいる

お願いだ
もうすこしだけ
もうすこしだけ持ちこたえていてくれ
秋の瞳よ

「色即是空」に虚しさを学び
「空即是色」に悲しみを知る
秋の日の問い

幾何学の計算に余念のない石畳に
秋の翳りが
落ちている

その日　秋の幽光を蹴散らしながら
冷秋の石門を叩く

時刻《とき》

あの几帳面な挨拶を
忘れましたね
ええ　挨拶は何の意味もないので

新しい時計は
針をきざまない
時刻は何の引っ掛かりもなく　無言のまま
くるくる　くるくると　通りすぎる
時刻《とき》は行進ではなく
素通りする浮遊雲

どこを流れていくのやら
どこへ流れていくのやら

なんだか　ひどく
速く回っているようにみえますね
そうですか　同じのはずなんだけど
時刻《とき》の流れは　なめらかなめらか
何事もなく　何事もなし
また砂粒のこぼれるほどの有り難みも…
時刻《とき》って本来こんなものなのでしょうか

これでは張り合いのない台所仕事
これでは天井から吊るされた
赤ん坊の回転飾り
眠っては菜の花畑の紋白蝶々

想い出の中をコチコチ巡り
初恋の中をくるくる尋ねる
いいえ　想い出も初恋もありません
時刻《とき》の流れは　なめらかなめらか

ときめきも恥じらいも悔恨すらもなく
ただ虚無的現在を
無意味無自覚と通りすぎる

自分のものであったはずの
なまめいた自分の時刻《とき》が
いつの間にか観測電波に修正されて
正確　確実　厳格　厳粛
だらしなさは許しません…か

カチカチ　カチカチ
力強く生を刻みつけていた
海のようなあなたの心臓も　波打つ生活も
小さな音で規則正しく刻んでいた
雨垂れのような私の心臓も　貧しい生活も

どこを流れていくのやら
どこへ流れていくのやら

いつしか
他者の時刻《とき》が巡り始めるのでしょうか
時計が壊れた　あのときの
日本列島を素通りした
あの日のように

微風

涼やかさを演出するための
青色半透明の羽

かすかな音をたてて
水色の水車が銀の格子戸の中で回る
るるるるるんる　遠い日の川上のせせらぎ

るるるるるんる　幼い日の光の蜂たちの乱舞
かすかな音は思い出を震わせる

あっ　あれ
首すくむ　思い出ばかり

首を巡らす
年増のおねえさん
絽の着物でほっそりと座って
落ち着いた風情で身をよじる
顔をこちらにきちんと向けて
つつましく会釈　ゆっくりと顔を移す

何かを考えている　その内容がわからない
半ば笑っているような　半ば諦めたような
律儀な身のこなしが　所帯じみて見える
目を合わすのだが　視線は微妙に逸れる

その故意に逸らした視線の中で
かの女の半生がほの見える

首のない暮らし…
気の張るだけの…

意味もなく　わあっ　と叫びたくなる
わwわwわwあwあwわんわ
ビブラート音に誘われる子供遊びへの郷愁
帰りたい夏　笹舟　西瓜　線香花火のチリヂリ
電信柱に見えている女子の片目のいじましさ
失われた乳母車の車輪が回る

銀色の輪が涼しい
左薬指に嵌められている銀の輪
縁取る銀色の意味のない輝き

カチッ
小さな音がして　ゆっくり未練を残しながら
回り　こちらを向いて　止まった
銀杏返しの女に
ドキッ

冬の薔薇

散りもせず
少しずつ凋《しぼ》んでいくのですね私達
散りもせず
陶器のような花が咲くのですわ
いつまでも　ガラスの庭で
冬の日の薔薇が
新しい時代には新しい髪型
新しい歳のとり方！

タブーはなくなりました
人の目への思惑も
ものの見事に崩壊しました
自然への崇拝も　醜への畏敬も
腐への諦観も　死への誘惑も　何もかも

新しい時代には新しい価値観を！
いつまでもが全て
歳をとらないことが全ての

そうして　散りもせず
少しずつ凋んでいくのですわ私達
棘を抜かれた肌で
いにしえの勇者の
傷つき倒れた青い肉体に憧れながら

陶器のほほ笑みの中で静かに

夢

その夜、夢を見た。
夢の中で私は腰を下ろし、地面に手をついていた。
「私は」と言った。
「私は」と言って、又「私は」と声を落とした。
詫びているのだった。
ずっと。
自分の至らなさを或る人に詫びていた。
言葉ではなく心情で—
私の中の自然がそうさせるのだった。
謙虚になっていた。
おだやかな気持ちが心豊かにし、落ち着かせた。

遠くにあった自分にやっと近づき得た気がした。
夜の華やかな紅の彩りが周囲をめぐり、揺れ動き、
絹ずれの音、女人の気配もしたが、
追い立てる者はなかった。
薄明かりの下で私はやはり、おろおろと、
「私は」と言い、
そのあとは声もなく、詫びていた。

そこで目が覚めた。
おだやかな感情は長く尾を引いて、
朝の清声のなかに留まっていた。
私は知っていた。
蘇ってきたものを。
そして、気付いた。
身の引き締まるこの魂の感覚を、私は何よりも
大切に抱えながら生きてきたことに。

私は微笑んだ。
そして、この微笑みは消えない気がした。

第二章・ギヤマンの壺

ギヤマンの壺

正倉院のギヤマンの壺を見ながら
昔聞いた話を思い出した。
この壺は何も
この世に一つしかないと言うような
希少価値のものではないというのだ。
当時、多量に作られた貿易品のひとつで
それ故、同じような品なら
今でもギリシャの町の骨董屋の店先で
いとも簡単に見付けることができるのだという。
その話を思い出しながら
ふと、時間の海を渡る正倉院を思ったりした。

ギリシャの裏街の
とある店棚に飾り置かれていたギヤマンの壺の
一つが、突如として消える。
その棚の欠落した空間だけが
遠く正倉院に
飾られている。

世界に一つしかない

かぼちゃだったら描けそう…*
こんなふうに
こんなふうにと

島根一郎さんは書いている。
こんなふうに
こんなふうにと

ヘタだけど　絵のかぼちゃは笑ってる。
ヘタだけど　絵のかぼちゃは個性的。
ヘタだけど　絵のかぼちゃはおいしそう。
絵のかぼちゃはみんなを楽しくする。

みんなの心が繋がった。
みんなが創造の橋を渡っている。
みんなかぼちゃの絵が描けた。
みんな自分の絵が描けた。
世界に一つしかないかぼちゃの絵。
世界に一つしかない自画像が…
ヘタだけど。

ヘタでいい。
ヘタがいい。
そう、
人生を上手く渡ってはならない、ようにね。

＊　島根一郎氏の「かぼちゃの絵」より

冬の日差し

置いてきぼりをくったのでしょうか
冬の日差しは
置いてきぼりをくったにちがいありません

冬の日差しは暖かです
寒いんですけれどもね

ひとりぼっちの光が溶けて
ぽっかりと手のひらに乗っかっている
鏡に映る湯気のぬくもり
忘れられた白いボール
ぬくもりだけを置いて
誰もいなくなってしまったのでしょうか
誰もいなくなってしまったに
ちがいありません
暖かって　きっと　こんな日のことを
言うのでしょうね

宇宙の成長率循環は
拡散段階にあります
私が今眺めているのは
拡散してゆく滅びの光

仲間たちはまっすぐに飛んでいったまま

放物線を描いて
燃えつきてしまったにちがいありません

慰めるのは　あれは宇宙の氷の欠けら
慰めるのは　あれは宇宙の棘ばかり

空は青いのに　ますます青く澄んで
冬の日差しは暖かです

あのとき確かに

あのとき確かに時間は止まった
都川よ
それから静かに流れ出した

あんなに滞ってばかりいた流れは

今日はゆるやかな風さえ連れて
緑色に膨らんでいくよ

あんなによそよそしかった流れが
今日はふくよかな匂いをつけて
小麦色に焦げていくよ

あんなに抵抗していた流れは
今日はおとなしい靴さえ履いて
レモン色に気品よく

私は驚く
あのとき確かに時間は止まった
なのに別の時間が
静かに溢れていたことに

昨日は犬にひっぱられ
今日は自転車を転がして
それでも時間は漂いはじめた
都川に沿うように

細ネギのようなしみじみした
淋しい時間が
薫っているよ

別れのかたち

かたち有るものは…

今朝の水の中で
指の間にまといついてくる
異臭
腐った茎は

ぬるりと溶けていった
跳ねる水玉と手のなかでぬるりと

たわいもなく崩れて
飛び散る水とともに排水口へ
飲み込まれていく
ぬるりと
それはあっという間の
出来事だった
新鮮な水の刃　きらめきの影に
口惜しそうな顔がチラリ
と　見えたかと思うと
溶けた茎は
手をすり抜けて
自分から暗黒に落ちていった

手をすり抜けて
自分から暗黒に落ちていった
それが　別れのかたち

今朝の水の中で
手は
新鮮な茎のように
ポキッ
と
音をたてて折れた

吊り革の重さよ

どこまでも底なし沼に落ちようとする私の心の傷
　みを支えつづけた
あの日の吊り革の重さよ　恋の行方の儚いこと
あられもない夜の肢体の恥かしさほどにもなく

吊り革に支えながらもう駄目だと思っている
人に見せられない顔が
暗い窓ガラスに映っていた
乗り合わせた人々の冷たいこと　誰も気付こうともしない
音楽聴いているふりをして
誰もかれも孤独の腰をゆすっていたことに今頃気付くだなんて

行く手はカーブし　車体はかしぐ
絶体絶命の
アコーディオンの悲鳴を乗せて

過ぎゆく時間の長かったこと！　永遠に続くのではないかと思ってた
ああ　隅田川を越える鉄橋のずたずたになってしまいそうな長さ
音を立ててかしいでいく
車体と区別つかなくなっていく私の軀体の震え
その私の体重の重さといったら！
何もかも投げ出してその場に蹲ってしまいたかった

行く手はカーブし　車体はかしぐ
絶体絶命の
アコーディオンの悲鳴を乗せて

それでもいつものようにして耐えているしかなかった
部屋にこもって泣く自分自身のやりきれなさ
そんなときでも仕事だけは滞りなくはかどっていった事務屋女の小憎らしさよ

そして
今日の吊り革は一人せつなく揺れる
何もかも無関心になってしまった私を乗せて
それからはすっかり軽くなってしまった花びらの
　ように薄い私の軀体と共に…

別れ

海ほたるが見えると誰かが言った
そこで女は桟橋に佇む男に近づいた
胸の鼓動が聞こえてきた
更に近づくと、その鼓動は随分と高くなった
「何か見えまして？」と女はいった
「ええ、海が…」と男はうわずった声で答えた
それから波は桟橋を激しく行ったり来たりした

足音が聞こえてきた
杉林の切り株のみえる小道で
道はひと曲がりくねって桜の木へと続いていた
曲がったところで女は日傘を下ろして
振り向いた
すると　荒い息がすぐ傍にあった
「気づきましたね、僕が追いかけていることに」
「だって、あんな大きな音を立てるんですもの」
男は「なんだ、そうか」と笑って
自分の足音に照れた

二人は千の小鳥が飛び立つ杉の木の天辺を
代わるがわる見つめていた
昼の月が出ていた
女は白い月を恐れ
男はそんな女の白い顔を危ぶんだ
「早く帰りませんと…」

男はわざと回り道を教えた
女はそれを知って
「急がば回れですのね」と男に微笑んだ

それから　それから　犬のふぐりが咲き　桜が散り
ドングリが手渡され　霜が降りた
それから　それから　フキノトウがのぞき
萩がハラハラとこぼれ　山水が蛇となって流れ落ち
二羽の小鳥の影が水溜りを横切り、
雲が夕焼けと接吻した

あれから――神楽坂界隈

その街の坂の上の梅花堂で昔大福を二つ買ったことがあって
二人は恋人のように笑い合って　食べながら坂を下った。

今　道路を隔てた珈琲店の二階の窓からその店先がみえる
暮れる前の日差しが街を明るくしていた
客が覗き込むたびに売り子は手を休めて
白い前垂れで客の前に立つが
行ってしまうと　手もちぶさたに栞を折りたたんでいる。
その様子が（売り子の失望までも）手にとるように見えるのだ。
（あれから栞はどれだけうず高く積まれたろうか）
坂の上の夕暮れは　まあーだ、まだ。
蕎麦屋のかみさんが外に立って眉に手をかざして

いる。
栗むし羊羹の竿旗に紅葉が明るく照っている
私はというと　窓枠の中の
一枚の肖像画となって暗く掛っていることだろう
珈琲店の奥で　さっきから若い男と女が密談中
「わたしって　秘密の箱をたくさんもっている人
　なのでェ…」
女は先ほどから幾度もそういって　はぐらかす笑
　い声を立てている
男は判っているんだか　いないんだか
相手の世界にもぐりこもうと（希望の）笑い声を
　立てて奮闘中。
（あれから秋の日はどれだけうず高く積まれたろ
　うか）
あれれ　どうしたんだろう
売り子が菓子折をもって道路を横切りこの珈琲店
　にやってきます
ほーら　蒸したての栗むし羊羹の香りが
まもなく階段を上り　若い男女の会話を横切って
真っ直ぐ私の肖像画の中に入りこんでくるにちが
　いない。
どこまでも栗だけが転がって月日の坂を下りてい
　く
坂の上の夕暮れは　まあーだ、まだ。

季節の花びらが

なにもかも　なにもかも覚えておこうと
なにもかも　なにもかも
忘れるはずはなかったのだけれど

そして　決して忘れてはいないのだけれど
なにもかも　覚えているのだけれど

なにもかも　なにもかもが
森の中にぽっかりあいた　遠い陽だまりのように
ただそこにあるだけで
ただそこにみえるだけで

なにもかも　なにもかも
決して忘れてはいないのだけれど
覚えているのだけれど　それなのに
なんにものっていない皿の縁がむやみと輝いてみえ
ぎんいろの電線だけが空にひかっている
ただそれだけなのに
それなのに

忘れてはいないのだけれど
この道を歩いていくと
ああ　ありましたねぇ
ありましたねぇ　ほらほら
今ではガラスの欠けらのような季節の花びらが
冷たい石の上に
きらきら　きらきらと　落ちていますよ

出会い

間に合いましたね
あなたとわたくし
たとえ悠久の時を点滅する
哀しい生命体の
はかない営みに過ぎないとしても
たとえ拡散する宇宙空間の

たまゆらの神の
つまらない悪戯であったとしても
ともかくもこうして
この時代にこの場所で
すれ違わずに出会えた

孤独なわたくしと
浮遊するあなたと
いつかは別れの運命でも
「風紋が風を呼ぶのさ」とうそぶき
火傷するちょこれーとの熱弁をふるい
蜻蛉の眼に幼い頃を涙した
あなたを忘れない

間に合いましたね
あなたとわたくし
この奇遇の喜びに今朝
初日の出を拝む無垢な心で
病床のあなたを見つめます

茜雲

とんぼは
捨てなくちゃなりません
身を軽くしないと飛べませんから
いらないものも　いるものも

身を切って　風を切る
赤とんぼは
恥ずかしい恥ずかしいと飛んでいるのです
あっちに躓きこっちで震え
そのたびに真っ赤になって逃げていくのです

捨てっちまえば
もっと上手に飛べるのに

秋の蒼空の気高さが似合うのも
たなびく茜雲の憧れが似合うのも
その羞恥心を失わないから

捨てっちまえば　もっと強く飛べるのよ
でも…
羞恥心は日本人の心ですもの

白梅

白梅は白い包帯
女が白い包帯を首に巻いている

笑っているのでもなく
泣いているのでもない
動かない小さな舌が小さな口から覗く
「お」の形

女はこのように生きるものだと
はなっから決めている　疑うことさえなく
束縛を香気に変える気高さ

かじかむ冷気から
この世に生まれてきた危うい肉体
凍ったまま緑の枝にしおれていく

ほろりと泣いて土の上に白い包帯
包帯は冷たい夜を渡る
三日月は女を見下ろして青白くたじろぐ

猫を抱く女《ひと》

ほのかに通う温もりの悲しさよ
ほのかに薫るけものの匂いのいじらしさよ
生きてあまりある
生きていることの　淋しさよ

舐めすする音の静けさよ
波うねる命の小ささ

悲しみを抱いているのか　その腕で
路地裏に身を屈め
その頬に子猫の腹をあてて
泣いたあとの笑いをみせている　女の人よ

擦り寄る姿態にほのみえる
生きていることの　せつなさよ
撫でているのは　淋しさか
ここにも　自分を抱きしめて泣く女がいる
うつむいて　慰めを乳房に這わせる女がいる

生きることのたまらなさを抱いて　あなたは
どこへ行こうとしているのか

夷隅川とともに
―故・大籠康敬氏へ

自分の生き方を貫くことの難しさを
誰よりも知っていたのはあなただ
言葉少なでしかも誰よりも雄弁で
誰よりもおだやかで　しかも熱血漢だった
不屈　誠意　友愛　自立

それらはみな個の尊厳に関わっていて
あなたは何よりも真実の個人を大切にした

権力へ背を向けて
誰にも迷惑をかけないで生きる決断は
自然と共存し　共栄する道
そのことの困難さ　個人の力のなさに
もっとも傷ついていたのは
あなただったのではなかったか

愛する家族と夷隅川のほとりに移り住み
あなたの信条の全てが
夷隅川とともに流れはじめていた
あんなに近くにあなたの夷隅川が
息づいていただなんて

あなたが好きだった桜花が
もえていただなんて
水脈*とはあなただ
脈々とたたえられたあなたの川水が
とめどもなくあふれ出し
やがてわかってくれる仲間をうるおし
その心に夷隅川が流れはじめる

一冊の写真集も出さずに
ひたすら生き方を貫いた
ホウレンソウをその手で栽培し
それを一本ずつ丁寧に洗い
家族の食卓に供した男
その手で大事に育まれたお嬢さん方に
私は今日はじめてお目にかかりましたよ
あなたを支え続けた一本気な奥様にも

ここには細やかな感情が語らい

えらぶった人もなく
いたずら小僧のような歯をした男の笑顔と
自然光のぬくもりがありました
そして　ああ　あなたの住居を出た瞬間
オリオンと北斗七星が
なんと三倍にも輝いていたのだ

癌手術で入院した広尾の病院であなたは
故・荒川法勝先生との思い出を
いとおしむように語って下さった
ありがとう
あなたと出会えたことが嬉しかった
途切れることのなかったあなたの生き方の
不屈の精神を受け継ぐものが
夷隅川の河口を氾濫で浸しつづける

平成十五年三月九日　午後一時五分
享年六九歳　進行性癌のためご逝去

＊　水脈　大籠氏の発行していた手作り誌。

海にかざす手

眉の上で手をかざしてみていた母よ
重い影の母よ
炸裂した光の束が頭上で飛び跳ねる朝にも
無数の白い牙が突きささる浜辺でも
熱い日差しが砂山を隈取る午後にも
手をかざしていた
母がいた

寡黙だった晩年
それはおしゃべり好きだった母の
屈折した日常から発していたことを

この私が知っていたからと言って
何になっただろう

海に向かって手をかざす母よ
あなたは何から　その身を
守ろうとしたのだ

新鮮な夏の朝は
サラダ皿のナイフのひかり
年老いた冬の午後は
丸い陽だまりのしらじらしさ

日々の苛酷な家事のために
小さな体に似合わず
たくましくならざるを得なかった
ぶっとい関節の手を　それを
生活の重みだ　などと

永遠の母親の手だなどと　簡単に
述べないでくれたまえ

目をつぶるとめまいに似た
どよめきが四方から押し寄せてくる
身をひきずりまわす砂の音が
足元から聞こえてくる

その太い指をかざして
間断なく繰り返す生活の　何を
その目で凝視しようとしたのだ
あなたはそうして
いつでも手をかざして見ていた
そんなことに
そんな今さらどうにもならぬことに
いつまでもくどくどと
思い悩む私がいる

手をかざす母よ
そのようにしていつまでも私の中で
凝視し続けるのか
母よ
その手をかざしてまでも
守ろうとした
海を背負う女の歴史の
残酷なものの
名を言え

訪れ

春はそのようにして　私のもとに臆病にやってき
　たのだ
雪の中で耳を立てている子鹿のように
積雪を跳ね返す枝の力強くしなる音
つららの奏でる清らかな落下音
春は思いがけない音をたてて
目を見開いたり　耳をそば立てたり　首を縮めた
　り

そして一目散に飛び跳ねていった
短い春を捕まえるために
流れ初めたへらぶなの小川のやわらかな水音に添
　い
淡雪残る丘の薄紫に震える冷風の斜面を滑り降り
　て

赤い炎をあげてはじけるストーブさえ
訪れる春の足音におどけた聞き耳を立てている
何もかも奪い去る悲鳴に

仰ぎ見ないではいられなかった雪空の孤独や
目を凝らして見つめる以外になかった白兎跳ぶ冥い平原
そして　凍てついた屋根の下で聞いた―
水道管のひび割れの音

どうしてもそこから這い出すことのできなかった哀れな感情が
雨漏りのように溶け出してくる

にやにや笑いを漏らしている春よ
いじけた私の唯一の指針だった樹氷を溶かしながら
春は朗らかな音を立ててセロハンの馬車に乗ってやってくるよ

薔薇色の人生

仕事がいやとは言わないで…
生活がいやとは言わないで…

夢は儚いとは言わないで…
恋は虚しいとは言わないで…

ツケが回ってこない所は
ないものでしょうか
思い出してさめざめと
泣くことのない所は

あっと声を立てて
身の置き所を無くさない所は
ないものでしょうか

煩わしさのない所
能率だ出世だ借金だ
悩ましさのない所
日々の生活のない所
おまけに愛だの恋だの
希望だの失敗だの
恥多い人生のない所は

無限につづく
うさぎとかめの追いかけっこ
追いかけているのか
追いかけられているのか

ああ　それでも私の内臓に色づく
薔薇色の人生

山繭

黒地に、ヒヤシンスの花の地紋
星のようなヒヤシンスの花々が銀色に光り輝く
「曽祖母が織ったのよ」
「ほんと?」
その現実的なデザインに誰もが声を上げる
幼い頃、嫁入り道具に祖母が織ったとの母の説明
に
私も声を上げた
「ほんと?」
山繭の眩しい光沢
そのとき山繭という言葉を初めて知った
曽祖母と言えば明治時代だ
明治時代にそんな外来の花模様を織れるはずがな
いもの

「ほんとよ」
黒地に染めたのは母だ　最後に黒地に染め上げた
　という

☆

山繭は秋を食べる
残らず秋を食べる
だから薄紅から透明に　次第に銀色へ

☆

私に残せるものがあるだろうか
最後に黒地に染めて尚　時代を超えて
ヒヤシンスの地紋に触れるたびに
夜のしじまから機を織る音が聞こえてくる

詩集『缶蹴り』（二〇二二年）全篇

I

東大寺・金剛力士像

どうして
そのことに気づかなかったのだろう
運慶・快慶作の仁王像は
三千個ものパーツが組み合わさっている
まばゆい複合体だったということに

一本の木から仏を彫り出す彫刻とは
明らかに違っている

火の中から法身をとり出す鋳造仏とも
全く異なっている
手や足を自在に伸ばす　それまでの寄木造りを
はるかに超えている

どうして　気づかなかったのだろう　そのことに
仁王像は　埋められた言葉が
組み合わさってできていることに
率直さとも　流麗さとも　柔和さとも違う
盛り上がった筋肉の突き出た瘤や骨格の
解剖学に基づく肉体美の
象徴化され記号化された言葉の建造仏

もはや　信仰の静謐な対象仏ではない
精密機械と劣らない
複雑なパーツのアンドロイドと化し
絡み合った言葉たちは　突如　熱を帯び

みずからの意志で烔眼を発し
筋肉が盛り上り始めたのだ
下絵から飛び出してしまったのだ
仁王が歩き出したのだ

まるで　囲繞する魂の何物かから脱却しようと
突き出した手足が
虚空を大きくまさぐり　影をえぐり取るように

どうして　そのことに気づかなかったのだろう
芸術は言葉であることに
言葉を繋ぎ合わせ　隠れた意味を埋め
浮遊する思想をたぐり寄せ　心の声を聞き
至らなさをつむぎ　頼りなさを継ぎ足し
移りゆくものを追いかけ
声にならない阿音を発して　創り上げるというこ
とに

説明書は　六十九日の短期間で造り上げるため
手分けし　三千個ものパーツを造り合体させた
と　説明しているが
たぶん　この高性能な造形物は　そんなことで
完成するような　そんなものとは全く違う

おそらく　あらかじめ作り上げた図面上では
満足できず　外しては眺め　継ぎ足しては削り
言葉の意味を確かめるように
気に要らぬと　また最初から組み合わせて
あらぬ方向に　木片の継ぎ目を加工して伸ばし
削り　合体させ　曲げ　研《みが》き
今までの手法をはぎとり　新しい言葉を探し
模索の苦悩のありったけを継ぎ足し
幻想の架け橋を広げ　張り巡らした言葉を埋めて
――

どうして　そのことに気づかなかったのだろう
八百年も前に造られた阿形像は
あたかも　無数の細胞や神経が組み合わされ
絡み合うことで出来ている高度生物体のように
温かな血流がめぐっていることに

どうして
気づかなかったのだろう　そのことに
詩人の手は　たゆまなく研磨しつづける彫師の
手のように
温かみを帯びていなくてはならないという
そんな単純なことに

神鹿

何をついばんでいるの　と　声をかけたら
驚いた眼を上げた。
その深遠な眼も
何か言いたそうな口元も　小鼻の動きも
忘れていた何かを思い起こさせた

その眼を見ているだけで
清澄になれる
私の中のそのような　真っすぐな心や
敬虔なる祈りのようなものだけを抱いて
生きていける気がしてくるから不思議

心の動揺を　何よりも
その健気に立った華奢な脚が物語っている

何よりも
その細身の波打つ心臓が物語っている
贅肉のない引き締まった姿態に
無防備にさらけだした
明日のない　小さな灯し火が揺れている。

幼児の頃には持っていた小刻みな震え
生きることへの戦慄
どこかで失ってしまったにちがいない
高い空への身震い

あ、行かないで

私は心の中で　何度この言葉を発したことだろう
その度に　その真実の意味に
何も気づこうとしないまま
為す術もなく　たやすく見送ってしまった

松風のざわめき

振り向いた小鹿が残していった林の中の空間が
いつまでも息づいている
鹿には誘い込む力がある
彼らの棲む林には
私の知らない世界があるのかも知れない。

迷い込んでしまった
冬の樹木の暗さ　枯れ葉色の枝葉も葉陰も暗い
思わず高い梢を仰ぐ
木漏れ日までもが
高遠な世界に変わってしまったようだ
静寂な林を流れていく白い息
居る
居る

高い梢から地面に伸ばした枝先が
斑入りの背に触れている
私は何を追いかけてきたのだろう
そして何を追いかけ続けているのだろう。

神鹿は何も語らない　昔日の光芒について
神鹿は何も記さない　ゆらめく灯し火について
ひっそりと生き　死ぬ者の貴さ
命運を知り　生きる者の輝き

彼らの棲家であるこの林　この永遠の森
限られた命を　丸見えにして

鹿が居る
そう想うだけで「幸福」になれる。

森の声

命のみえる流麗な肢体をくねらせ
小鹿は振り向きざまに立ち止まる
傾げたままの　か細い首が刻《とき》を止めている
長く垂れ下がった梢さえ静かに佇んでいるこの森
　の小道で
どんな心の声を　聴いたのかしら

地面を白い風が這っている
小さな蹄で硬土を叩きながら　何を確かめたかっ
　たのかしら
これからを　どんな思いで乗り越えようとしてい
　るのかしら

虚ろな明るさと沼底へと落ちていく感触

もう届かないあの頃の私が
カラカラと缶蹴りをして
一人遊びした乾いた音が
聞こえてくる

思い出に楽しいよすがなどあろうはずもなく
明日に輝かしいよるべなどあろうはずもなく

地面を白い記憶が包んでいる
傾げたままの　か細い首が刻を止めている
あなたは黒い鼻先を上げて
見えるはずもない遠くの森の声を測っている
そして　ものうげに長い首を垂れて
今にも折れそうに開いた細い足首を舐めてみる

あなたの口が動いている
そのあとの言葉はいらない

今まで何をしてきたのだろうかと問うことさえ
　もうない
寂滅《ほろび》の光のなかで
遠くほの白く通りぬけていく森の声だけが明るい

微笑仏

雲に　山々に　樹々に
そして空に
あまねく衆生に語りかける
この満面の笑み
腹を抱えての

斬新さと
類をみない発想とによって
各地にもたらされた信仰の奥義

桃山時代に始まったといわれる
微笑仏が
織田信長の仏教迫害への抵抗で造られた
というのは　本当だろうか
このくゆりない　陰りない　笑顔
豊穣なる喜びとぬくもりの

木喰上人の微笑仏が
天を突き抜けて笑っている
何を笑うでもなく
何を思うでもなく

木喰上人の微笑仏が
地を突き抜けて笑っている
この底抜けの笑い
この穏やかな笑い

木喰上人の微笑仏が
鍋を突き破って笑っている
釜を突き破って笑っている

キリストの足

レオナルド・ダ・ヴィンチの
「最後の晩餐」をミラノに観にいって
その部分だけが
食堂の扉のために消されたのだと始めて知った
壁画から失われたキリストの足

どんな足をダ・ヴィンチは描いたのだろう
肩幅より少し開きぎみで
意思の強さを示す大きな足だろうか

それともおだやかだが
少しお疲れのようなそのお顔に似て
少しだけ斜めにした不安げな足指だろうか

その足の傍らには　食べかけのパンが転がって
ざくろのようにひび割れていたのだろうか
それとも糸くずのこんがらがった思想が
鼠の尻尾となって足許から覗いていただろうか

私の中にも同じように失われたものがある
そのことに気付いて
足もとを掬われたような
途方にくれた思いに　とりつかれ始める

細長く薄暗い食堂の
それはどこかの壁画のなかで
今も途方にくれているのではないのか　と

笛を吹く人

細い指先がゆっくりと開いていく
夜ごと闇に手を伸ばし人影を追うあなたの哀しみ
　のように
薔薇の芽の指先が空しく宙を舞って
崩れ落ちる
あまやかな旋律に酔うことなく
なぜ　あなただけは白い月影を踏もうとするのか

確かめるように
しじみ蝶の指先がやわらかに閉じていく
石の上で笛吹く人の
哀しみを吹き込むみずすましの息づかい
心みだす調べに唇をあて自分の声を聞いている

小川を流れる笹舟の震えを見送る
あてもないなよ竹の嗄れた声のように
銀色にゆらめくうすば蜻蛉の指先が傾きながら開
　いていく
掻き乱れ追いかけていく琴の音

さまよう人よ
もう　あなたとは一緒に行こうとしない影法師が
白い月影を食んでいる

決して追いつくことができない　追い越すことも
　ない
現世の闇をさ迷う笛音が
血に染まった琴の花びらを散らすように
乖離の細い指先を開いていく

優しさとは

生命体の突然変異の源は
命を脅かす危機と直面するときに
起こるものだと思っていた
恐竜たちから逃げ惑う
ごく小さな生物体のなかから　突如
排卵生物から胎盤をもつ生物が生まれてきたように

生きていくための
どうしようもない最後の賭けなのだと
それが　いとも簡単に
繁栄の途中で爆発的に起きてしまうだなんて
新型コロナ世界の感染者数
９０９６万人（２０２１年１月13日現在）
異変種　４

はるか昔
炭酸ガスを吸って酸素を吐き　生きていた
藻のような　苔のようなものの一種が
毒であったはずの酸素を吸って炭酸ガスを吐き
その活動エネルギーを倍増化することに成功した
ように　逆転の発想を取り入れた
思いもよらない高い適応能力への寝覚め

そこに苦しみは
痛みは　あったのだろうか

優しさとは何なのだろうか
思いやりとは　慈しみとは　心遣いとは

無防備な裸の人間が
愛や絆で結ばれ　手に入れた高度な文明

シューベルトや　モジリアニや
建築や　彫刻や　ガレの繊細なガラス細工や
手をとり合うダンスや　スポーツの躍動美や
心をキャッチボールする詩歌
そして立ち直ろうとする心　自分を律する心

心が封印されていく
家族という小さな運命共同体にすら　今や
優しさの表現は失われ　愛の仕草は封印され
マスク越しの無言　排他的な自粛の暮らし
友情の行き場のなさ　空っぽの電車
閉ざされた観光地　屈み込んだままの航空機
会わないという思いやり
共に食事はしないという心遣い
図書館　博物館　劇場の閉鎖
思いっきりの笑顔は
オンライン映像の中に隠れている

生命の膨大な網目模様の分布図を制覇する
菌類たちの巨大な繁栄の下で
急に薄くなっていく　人間の影　私の影

それでも
ひっそりと営みは続けられていく
マスクをかけていても　笑顔を絶やさない心
目で笑い合うささやかな
手のひらや体中で表現する温もり
笑顔で子供たちを育ててきた力

優しさとは何なのだろう
人間であるための
そして　生きることの素晴らしさ

流れ星

砂粒《さりゅう》の舞う、砂漠でラクダを追って暮らす
人々の眼は、星々を結びつけ夜空に物語を
紡ぎ出した、神話の語り部《かたべ》たちのように、
青く澄んでいる。
街で暮らす大きな眼をした娘たちは、いつ
も光り輝く星々を追っている。スカーフで
頬を隠し熱風で日常が溶け出してしまった
アスファルト道路を、流れ星《ながぼし》を追って一台
のバイクが爆音を轟かせ、大海原へと身を
躍らせる。
求めていたものすら分からなくなってしま
った、やさしさの表現を失った、痩せ病ん
だ私の神経にも、「ほらっ、流れ星よ」と、
地球の裏側の娘たちへ次々に連鎖していく
小さな希望の声が聞こえる気がした。

蟬

蟬は　その長い幼虫の営みについて
語ることはない

暗い土の中で
腹や手足をわずかに動かしながら
何を食み　何を望み　何を夢みているのか
背を地面につけ
不自由な姿勢にもがきながら
何を吐き出し　何を憂い　何を呪ったのか

なぜ　蟬の成虫は
水も食もとれない奇怪な姿に変身するのか

それは　絶望の果ての分身なのか
めくるめく夏　うごめく空
暗い墓下から復活した蟬が
木立の階段を登りはじめる

やかましい　と感じるか
岩に染み入る　と聞き入るか
いずれにしても
蒼空の燦然と輝く光のもとに
ありったけの自己主張を震わせ　叩きこむ

軽い体がそよ風に吹かれ
颪に吹き寄せられ　雨に打たれ
そして　合掌の祈りで果てたとしても
蟬は　幼虫の頃の夢を語ることもなく

生涯を終える
成虫は
どのように生きたかったかを記すこともなく
短い生涯を終える

かもめ飛び　魚が跳ね

蒼い空がね
日本の海には似合っているって
知ってた?

壊れたものが空に突き刺さる
まして　ねじれてしまった心には

かもめ飛び　魚が跳ね　波音がする
船影が　沖の彼方　並んでみえる

「おーい」 叫んだこともあったさ
当たり前だったことが
どんなに心なごんだことか
今は

白い雲がね
日本の町には似合っているって
知ってた？

積まれた瓦礫が声を震わす
まして 空を見上げた心には

ご飯食べ 光りに集い 風呂浴びをして
友を誘い 手を繋いで 星を見上げた
「おーい」 泣いたこともあったさ
うとましく感じたことも
どんなに懐かしいことか

今は
かもめ飛び 魚が跳ね 波音がする
松影に 雲の鯨 白くおどける
「おーい」 話しかけたこともあったさ
何もない空だったけど
どんなに輝いていたことか
今は

津波を越えて

負けても負けても、大和朝廷と戦いつづけた抵抗
の火の
民俗の誇りが今も生きづいている街だ。
負けても負けても戦いつづけた――

千百年前の平安時代に襲った大津波の痕跡と
今回の3・11大津波の爪痕とが重なる部分が多い
　のだという。
そうした研究はさらに
各地を襲った大津波を連想させる
津波と日本人。寂しい国の歴史
自然の猛威が、その被害の悲惨と悲哀が
日本人に「あわれ」を
形作ってきただなんて。
たとえ歴史書に何も記されなくても
たとえ絵画彫刻は何も語らなくても
東北が日本の心の故里であることに違いは無い。
「あわれ」を尊ぶ心と
負けても負けても復興し続けた民俗の血は
決して二つのものではないのだ
各地に存在する海の神・スサノオを祭る杜
そして浦島太郎伝説

大男・デーダラボッチ伝説
それらは皆、源が一つなのではないか

恐山
その存在の原点に大津波があったのではないか
　と、考えてみた。
そこではどのような語らいが繰り広げられたのか
一人一人
異なった状況で飲み込まれていった死者の魂と
自然への畏怖と
救うことのできなかった
生者の無力さと、痛恨と、葛藤と、苦悩と
うしろめたさと、数々の身を切られる思い出と
人々は
繰り返し繰り返し呼び戻され
繰り返し繰り返し泣き叫び
繰り返し繰り返し心えぐられ

巫女を通して死者と語らってきたのではないか。
死者が生者とともに
生きていると知るまで。

死者が、その路を通って帰ってくると
信じられている「澪の路」が
日本海峡にはたくさんある
はるか昔、浮きを叩いて呼び戻したという
巫女が行う魂がえりの術
津波や時化とともに日本人は生きてきた。
悲哀を知るその血は
負けても負けても
復興しつづけた血とともに
今を生きる。

Ⅱ

缶蹴り

遊び終わった缶蹴りの潰れた缶を思い出す
まあちゃん
いつも鬼をしていたのは
私とまあちゃんだったね
でも　随分久しぶりに会ったまあちゃんに
鬼の話をしたら
「そんなことはなかった」
即座に否定されてしまった

私の中のまあちゃんは
泣き虫鬼　いつも目を腫らしていた

優しかったまあちゃん
ポケットに手を突っ込んで
大事にしていた青い縞模様のビー玉をくれた
そんなまあちゃんは
私が作り上げた虚像だったのか

泣き虫鬼はいつも私で
ひとりぼっちの私で　転校生の私で
からからと転がっていた高い空
おーい誰かいないか
木枯らし吹く空き地に立っていたのは
潰れた缶の私だった

鶏卵

来る日も　また来る日も
一年に三百三十個
一年に三百三十回
来る日も　また来る日も

一年に二、三個しか産まなかった野生の鳥が
改良に改良を重ねられ
一年に三百三十個を産む　箱の中のなまぬるい日常

薄暗い藁部屋に　清らかな早朝の光が差し込み
手のひらにのったうす明るい輝き　確かなぬくもりの
奇跡であったはずの小さな命の誕生
涙もろくこぼれた　あの朝……

カッカッとなる

茶碗で生卵をかき混ぜる軽快な音
和ちゃんの音は誰よりも清らかで　澄んでいた

合宿の朝
長い食卓を前に二列に座って
一斉にかき回した　夢中で

和ちゃんのその音は
誰よりもおいしそうだった
だから　私は笑った
——ウフフ　上手だね

その音はあの早朝の藁部屋の
うす明るいぬくもりの音だった

秋川渓谷

大きな鐘が鳴っている
鋭い声で鳥の鳴く渓谷の上流から
あの賢人山の頂から
うねりめぐる通せんぼの小道を通り
大きな鐘はトンボのように立ち止まり
蜜蜂のように風を揺らして
遠い尾根へと舞い上がっていく

空いっぱいに大きな鐘が鳴っている
谷川の小岩に座った兄さんが
くやしそうな口をして小石を投げていた
「あっ」
足をすべらせた幼い私の声に敏捷に反応し
手を握り引き上げてくれた

あのときの兄さんのくっきりと黒い睫毛を忘れない

木陰に映る人影は学校へ出かける兄さんの影
寮の二階から見送り終わると
あとは寮の二階のお部屋に母さんと二人きり
しぃーっ　静かにね
階下にいつも遠慮して暮していたせせらぎの音
耳を澄まして待っていた
ときおり訪れる希望のさえずり

電灯がともり　父さんが食卓の中央に座り
母さんがいて　兄さんがいて
明るい光が水面にこだまして
どの顔も輪郭がぼやけている
母さんはおままごとのように木箱から
箸や小物を取り出しては手のひらにのるぬくもりを
また小箱に収めていた

大きな鐘が鳴っている
こぼれ咲いていた萩の花
大粒の実をつけた栗の木
屋根に落ちる大きな音に目をくるりと回す私
魔法の音を兄さんと追いかけた
カブト虫の背のように褐色に光輝していた宝物
階下の裏戸が開いて　寮の子とおばさんが顔を出した
「いいよ　ほっといてやりなよ」
ほどなく　階下の子は家の奥へと消えていった
「やめろよ」
兄さんは私のスカートを払い落とした
庭に転がる褐色の玉　玉　玉

兄さんはそれを二列に綺麗に並べ終えると
「帰ろう」
静かに私の名を呼んだ

今はただ　何もかもが萩の花ハラハラと
四角い窓に散っている――

四十数年ぶりに訪れて　初めて知ったのだ
川音はどの川も同じ音でないことに

あの川音が鳴っている
私の知っているあの川底をさらう力強い水音
乾いた都会の迷子の夜をいつも支えてくれた
たぷたぷと寄せてきては私を包み込んでくれたあ
　の音
父さんがいて母さんがいて兄さんがいて
間違えることのないあの川に帰ってきた

川面に舞うバイオリンの白い指を
小石を蹴散らしながら何処までも追いかける
白濁し　渦を巻き上げる　その先の――又その先
　を――

川音が鳴っている
あの寮はどこにあったのだろうか
兄さんが手を振って帰ってきた木漏れ日の小道は
寮の屋根を覆っていた大きな栗の木は　どこに？

もう　どこにもないのだけれど
もう　父も母もいないのだけれど
思い出はいつもあの道を黄金虫となって帰ってく
　る
いつまでも動かないカマキリの　止められた時間
　の中を――

もう川上にはさかのぼれない
しわがれた母の手に触れたときの哀しみのように
空にぽっかりと存在している
忘れものの夏帽子

紙くず

丸めて
捨てられてしまった私の心よ

クシャクシャにされた傷みを拡げて
わずかに残った領域を舐めながら
今夜も眠る
捨てた人にはわからない
この犬の垂れた鼻の置き所は

屑カゴの中に　今日も捨てられている
そこから今日を拾い集めて今日を拡げる
やっと今日を息つげるだけの
今日を食む
心無い人にはわからない
尻尾を丸めたこのいじけた心は

丸めて
捨てられてしまった私の心よ
それでも　いいよ
机の上にまっさらな紙を拡げるから
クスックスッと笑って
頭をもたげ　カサッカサッと笑って
尾を伸ばし　両足を揃えて
伸びをしてまっさらになろう
三角の連凧がハタハタと笑って
蛇となって遥かあの山を越えていくよ

そうは想っても
丸められて
クシャクシャにされて捨てられた心は
ひたむきな眼で
一途に　神様をみつめてみても
今日も
捨てられている

誰もいない月夜の晩には

誰もいない月夜の晩に
影法師を踏んで遊んだ
ポケットに入れた　路地の思い出
ひょろ長い影法師が片手を上げた

友もいない月夜の晩は
影法師を踏んで遊ぼう
手を挙げて　追いかけると
おどけた影法師がついてくるよ

誰もいない月夜の晩に
何をして遊ぼうか
何も言わずに　折れた足して
壁の前に立ちつくした影法師

誰もいない月夜の晩は
もう遊べないと
うずくまってしまった
もう私と一緒に行こうとしない
ポケットの思い出の中の
影法師よ

私のピアノには鳴らない鍵盤がある

下りたままの鍵盤は
そおっと　指でもちあげて
元に戻しておきましょう

元に戻した鍵盤は
月の光のさざなみで
何事もなかったように見えるでしょう

でも私のピアノは　なおりはしない
下りたままの鍵盤が
海の底に沈んだまま

私のピアノは飾りもの
もうあまやかに奏でることも
弾んだ心を歌うこともありはしない

元に戻した鍵盤は
そおっと　撫でておきましょう
素足についた銀の砂を拭くように

一畝の畑

庭にある一畝の青葱畑
たった一畝しかない
それもわずか三メートルほどの

それでも
すき焼き鍋でしょ
卵焼きでしょ
味噌汁に良い香り

若芽と和えたぬたの息吹

それでも
春の明るさに空を仰ぎ
茂る夏の楽しみを知り
秋の清涼さを愛し
冬の豊かさを信じ
万能葱とはよく言ったものです

私の中の一畝を耕しましょう
一畝で十分に呼吸できる
一畝で十分に眼を瞠れる
一畝で十分に思索できる
一畝でも十分に耳をそばだて
一畝でも十分に抱きしめ
一畝でも十分に注ぎ込める
そんな一畝を

私の中の一畝を絶やさず
一畝の言葉を絶やさず
一畝の夢と輝きを失わず
一畝の香り高さを失わず
そして
それ以上を　決して望まず
一畝の生命を
いつまでも　絶やすことなく

命を繋ぐ

鮭が川を遡る産卵の場面を見た
延々と繋がれてきた命の尊さ
鳥が滝の中から飛び立つのを見た
滝裏の断崖で子育てをする親の健気さ

ナレーターは
「命が受け継がれました」と口にしている

枝分かれしていく命の営みが
そこで切れる　そこから先はない
その先に繋がるはずだったものが
突然そこでぬるりと切れて　無くなっている
(優秀な者だけが継承されるのではない)
(――それだけは確かだ)

或る日大災害が起こり集落ごと壊滅する
或いは事故　或いは殺人
或いは子が夭折　或いは結婚しない
それでも　何事もなかったかのように
どこかでは綿々と命の営みが受け継がれていく

宙に伸ばした枝の　その先端の不在の
あてもなく揺れているほの白い枝先――　しかし
その不在は無ではなかったと思ってみたい

その昔ギリシャの
とある店先の棚上に置かれていた
土産物用に売られているギヤマンの壺が消えて
その棚の空白の――　無の空間が――
時空を超えて遥か東の正倉院へと運ばれ
そ知らぬ顔で飾られているように

不在の空間をきらきらと輝く命の継承が
どこかで甘酸っぱい命の本流と繋がっている
そのようであって欲しい
そのようでありたい

Ⅲ

詩は…

音楽は
誰かと繋がりたい
との　想いから生まれた

絵画は
動物や神の姿を伝えたい
との　願いから生まれた

彫刻は
家屋の闇の
火明りから生まれ
彫金は
冷光なる頭脳の
火花から生まれ
陶器は
祈りの手の
温もりから生まれ

詩は
詩は
詩は
未知なるものへの
羽ばたきから生まれてくる

ザ・エド

吸い口銜えた　おちょぼ口

浮かぶビードロ　歌麿ひねり
おう　透けて見えるじゃねえか
なまめかしすぎらあ

気短か男と　強がり女
ちぇっ　小石を蹴って
駆けていった
斜線が泳ぐ　広重の絵

おせえろってんだよ
個性が出すぎてるってんだよ
指先まで男の意地をみせる
しゃらく（写楽）せえ

動態視力の極み　コンパス用いた
大波　その真ん中に　何と奇抜な
頂鋭角三十度の富士かい

べらぼうめ　富士は
憧れて見るものよ　北斎

車体

軋る音をつれてカーブする電車の車体の、隠していた歪みの顔を連結部に見たとき、今更ながら、自分の行方《ゆくえ》の心細さを思った。

私の選ぶ道はまっすぐでも、曲がっているのでもない。いつも、ここぞと思う別れ道で大きく外れて法外な路地を選んでしまう。そこに何の思想も感慨もなく、まして気儘な選択もない。ふとした心の迷いと偶然が私の大事な進路までも決めてきた。間違ったな、と、いつも思う。

今鉄橋を渡る車体は、そんな私の姿をさらけ出し傾いて走っている。婉曲に川底を泳ぐヤマメの美しい側線が思い浮かぶ。私はどこへ行こうとしているのだろう。

「人生を上手く渡ったりするな。」

そんな声が、傾斜する車体から聞こえてくる。

闇

灯火《あかりび》をつけて暗闇を少しだけ追いやるつもりが、図らずも闇に囲まれてしまっていた。いつも、冷たく軒先に光っていた星たちが、山巓に輝く仲間となって私を包んでくれていると知った冬山の夜のように。彼らは互いに身をにじり寄せながら、無骨な武士《もののふ》となって囲んでいた。

ともすると自己否定してしまいたい鬱屈に追い詰められていた私の闇に、小さな希望の火が、微かに灯り始めるのを見守りながら。

ねぎ

葱は根木
根のヒゲの数だけ　茎脈を持っている
その数だけ水を吸い上げる　勢い良く
ああ　無駄なものなど何もない。

白茎からほとばしる
瑞々しい　つややかな　あの弾力
そして　それが
誰の目にもふれない暗い土のなかで
ひっそりと行われているということ。

銀色の夏

山の遥か蒼い空を　幾度　仰ぎ見たことだろう
輝く光のスペクタクルが垂直に穂高を切っている

見上げる空は回転し
孤影に重い

厚い靴底でいびつな小石たちを踏み付ける
ザクッと容赦ない音を立てて鳴る
崩壊の感触が小気味よい
埋められない思いが川底を銀色にする
その銀色の道を　今日は辿ろう
生きてきた証はこればかりのものだったのか　と

河骨の水辺に耳開く黄色い花よ
聞いていてくれたよね
あのときの私たちの脈拍の乱れ　胸の鼓動を
裸足で飛び越えた危なっかしいあのときの小さな足裏

振り向こうとする私がいる
白樺の白い幹に手を置いて来ない人を待ち続けている

振り向かないで歩こう

私の代わりのように小さな悲鳴を上げて
釣り橋を滑り落ちていく記憶の小石たち
暗部へと飲み込まれていく
その小さな志を　無駄にしないで　河童橋を渡ろう

見よ　穂高の深い切り込みの傷跡を飾る

澄み切った五角形の光の連なり
明日を信じないで　ともかくもこの足で生きよう

バブバブ

人真似やら　憧れやら
はたまた　訳のわからない欠けら掻き集めて
装うのは本当につまらない
自分の楽器を鳴らせ　バブバブ
とっぱずれていたって　まぬけだって
いいじゃないか！

かまうこっちゃない
そんなことは　やらぬ前から知っていたさ！
自分の楽器を鳴らせ　バブバブ

人真似やら　流行やら
はたまた　うじうじ拗ねた自分掻き集めて
繕うのは本当につまらない
自分の楽器を鳴らせ　バブバブ
そっちの方が得だって　知っていても
いいじゃないか！

暗くさまよっても
そんなうまい道を通るのは　嫌なんだ！
自分の楽器を鳴らせ　バブバブ

人真似やら　お世辞やら
はたまた　そんな見事なガラクタ掻き集めて
装うのは本当につまらない
自分の楽器を鳴らせ　バブバブ

ひとりで行きたいのさ　損は承知で
いいじゃないか！

かまうこっちゃない
明日に向かって　自分の楽器を鳴らせ！

自分の楽器を鳴らせ　バブバブ

心をもらう

思い出を漕ぐのは
揺れているのは

冬枯れの芝生の斜面を
ダンボール箱で滑り降りていた
さっきまで

滑り降りていた子供たちは　いつの間にか
アンダースローの夕闇に姿を消して

夕やけ小やけの落とし穴
ここ　貝塚公園に夕陽が落ちてくる

悲しみを漕ぐ
もっともっと手を繋いでやればよかった
もっともっと抱き締めてやればよかった

8の字を描いて飛んでいた金の蜜蜂たちよ

私にとって
胸の熱くなる夕陽はここしかない

蕗のとう

幸せは
幸せな人には見えないの
ときには　邪魔ものに思えたり
捨てたくなったり

幸せは窓から覗き見るものだから
それを持っていない人だけが
見ることができるのよ

幸せの匂いは鍋の外に満ちていて
鍋の中を掻き回しても
嗅ぐことはできないの

幸せの小魚は
摑んだと思った瞬間に
逃げてしまうものだから
幸せの小鳥は
小さな燭台で瞬いて消えるものだから

でも　それを逃した人にだけは
窓枠の向こうに
いつまでも輝いているわ

夕陽に振り向く水鳥の白き首すじ
曙にぴくりと動く白魚
一寸のほの白さに*

幸せは耳の奥にあるの
くすぐったさの中に
せつなしと春のおと聴く蕗のとう

だから　ほら
全ての思い出はほろ苦い

＊　曙や白魚しろきこと一寸　芭蕉

葡萄

葡萄にはわかるのかしら
自分のことが
夢はふくれ　又しぼむ

葡萄にはわかるのかしら
自分のことが
希みこそ　今は苦しみ

丘の上の指先を伸ばす枝
わかるのかしら　自分のことが
鐘の音のものうき響きに

沢の水にはわかるのかしら
与えられない休息の
意味もなく渦をまく耳のいたずら

尾根の風にはわかるのかしら
衝動につきうごかされ
聞きとれぬ　もらす言葉を

自分のことはわかるはずもなく
葡萄棚の　からまる匂い
そんなんじゃない　って
否定する私がいて

沈殿していく時のかろみ

尚更にわからなくなる瓶の厚底
だから他の人のことを
こうなのでしょう　とは
決して言うまい

一粒に灯る小さな明かりを信じて

今の私にできること

突き詰めると　きっと
思いがけない言葉の棘が
誰かの乾かぬ傷口を開くことにもなりましょう
だから　問わないことにいたしましょう
恨まないこころ　僻まないこころ
疑えば　きっと

古井戸の底を浚って
大切にしていた私のメモリーをも傷つける
だから　黙っていることにいたしましょう
憎まないこころ　偏らないこころ

真相のシグナルは
こだまのような心の波紋
きっと　思いも寄らない口をきいて
思わぬ悪い方向に進むことにもなりましょう
決めつけないこころ　おもねないこころ

こだまはことだま
そっとして置く大切さ
愛する者なら尚のこと人には優しくいたしましょう
全てをそのまま飲み込んで温める
見守るこころ　動じないこころ

そうだ
お鍋いっぱい　美味しいスープを作りましょう
島根一郎さんの詩のように
「おいしくなーれ」と掻き混ぜましょう

ほかほかの火から生まれるとろけるスープを
辛いときには尚のこと
だって　あの人もこの人も　私だって辛いもの
こだわらないこころ　かたまらないこころ

湯気の向こうの笑い顔
何といっても美味しいスープは美味しいの
温めるこころ　冷やさないこころ

祈ること
お鍋に向かってひたすら祈ることです

「おいしくなーれ」
今の私にできるのは

煮物

魚を煮ていると
魚の匂いがする
裏木戸まで

筍を煮ていると
筍の匂いがする
座敷まで

何の匂いかと
開けて見ると
ジャガイモを煮ていた

まだ煮含められて
なかったが
箸でつつくと
あっけなく
崩れてしまった
（春はやわらかいのです）

崩れたジャガイモは
ホンワカと
母の匂いがした

オ、カー、ア、サン

三歳になっても　私を呼ぶことができなかった
幼い息子にはその発音は難しかったのだ

ある日、初めて言った
一語一語、区切ったその発音は　はじめ
何を言っているのか　わからなかった
気づいて
嬉しさに私は微笑んだ
「ああ、『お母さん』って呼んでくれたのね」
すると　息子の顔も大きくほころんだ
得意のような　照れたような　満面の笑顔で

一人で淋しく息子を育てていた私は
あまり話しかけることをしなかった
無言のまま　息子の望みを察して動いた
そのかわり　そのたびに
大きな笑顔を息子の目にふり注いだ
一つ覚えの会話のように

そのためなのか
人を見ると息子は　いつも　誰にでも
満面の笑顔を示した
「まだ、怖さを知らないんだ、この子は」
そう言われたこともある

夕暮れの中で
息子が私を初めて呼んだ日
オ、カー、ア、サン
その幼いイントネーションが
私の胸の中で
今も
もう六十余年も経った今も
明るい木琴の笑顔を奏で続けている

あとがき

自己の内面を追う詩を、拙いながらも書いてきました。とにかく心の深部に潜り込める詩が書きたかった。

実直に言葉を連ねるだけでは平面的になり、すり抜けてしまう歯がゆさを、象徴の属性を用いることで広がりをもたせたい。時空を交差させたり、抒情や幻想もとり入れることで内的真実を探りたい。なんとか入り口を開き、比喩・暗喩を引き出して、到達できなかった内奥へと滑り込ませたい。そのような思いでどうにか今日まで書いてきました。

まるで缶蹴りのように、種々な詩法の蹴り方をして。

本詩集は、文学とは何かを、私なりに求めてきた内面と深く関わっています。多種多様な描写の方法をとり入れた詩集ですが、この描法で行こうと決意することができず、どの描法も捨て難いのです。書き溜めた作品群の中から一冊の詩集にまとめるのが難しく、困り果てていました。自分の詩法を確立できず模索し続けているその軌跡を見るような、苦悩の痕跡を見るような気持ちで読み返しています。

土曜美術社出版販売社主・高木祐子様には、本詩集を編むにあたり大変お世話になりました。それぞれの角度から分類して、Ⅰ、Ⅱ、Ⅲとまとめ上げ、励ましのお手紙もいただきました。お礼を申し上げます。

詩誌「撃竹」や、詩・文芸誌「覇気」に発表した詩篇をまとめました。

温かく見守ってくださる「撃竹」主宰の冨長覚梁氏や、いつも優しく支え続けてくださった「覇気」の会員の方々のお陰で、なんとか今日まで書いてこられましたこと、深く感謝を申し上げます。

本詩集の編集・装幀にご尽力くださいました土曜美術社出版販売の皆々様、ご関係者の方々、ありがとうございました。

二〇二二年三月

中谷順子

石は　2

石は不思議だ

石は　どのように投げ出されたとしても
どのように踏まれたとしても
どのように落とされたとしても
そこが定位置ででもあったかのように
その姿勢が自然だとでも　言うかのように
居心地よさそうに　うずくまっている

すっぽりと雪を被った石の落ち着き
冷雨に打たれる禅僧の佇まい
野仏石のような奥床しさ　懐かしさ

笑みを含むかのような　その和らぎ
歴史に傾げつづける小首　白狐の問い

石は　聞こえないものを聞いている
長い年月が風雨の苔を通り過ぎていく

石が手に入れたものは寛容である
石には見えているのだ
見えるはずのない時の流れ
闇夜の中に白く光るものは追憶である
闇夜の中でうごめき揺れるものは苦悔である

石は知っていて　語らない
何も語らないことが驟雨の竹林をざわつかせる
石は語る言葉を封印しているのではない
封印するのは
竹林の上に聳え　見下ろし続けている

無情な天の采配への　悲しみの遠吠え
雲が流れると石は雲影を映し
葉がささやくと石は葉形をとどめる
そして　時の陰翳に顔を埋める

竹林がたいそう大げさに身をよじって笑い
肩に優しく手を置く枯葉たち
悩みをもち　迷い込んできた人の為に
時としてと石は
憂いの椅子を差し出し
憩いの椅子を差し出すのだ
石の境地に　月が宿る
落ち着けば何事もなく去っていく人がいる
また　人が来て　人が去る

そうやって長い年月を過ごし
何もしてやれなかったと悔みながらも
石は　去っていく人に向かって
微笑みかける

「覇気」特別印刷号　二六五号修正

石は　3

もう　歳をとっちまった
と　思っていたのではないか
角を落とされ　削られ　磨かれ
すっかり人間が丸くなっちまって
それを良い兆候だと思わされていた
のではなかったのか
清流の川床に横たわる瞑想する石は
まだ血気盛んだった頃を思いやるように

蒼空から流れ落ちる大滝の双壁に聳え
尖ったまま　吠えている岩屋根の雄姿に
かつてを重ねていたのではなかったか

＊

石には「目」がある
御仏を彫り出す「目」が
ある日　石工によって割られ
結晶面に沿ってはがされ
清冽な「目」が顔を出した日
自分の若さに一番驚いたのは
彼自身ではなかったのか

こんな生身が内に潜んでいたのだと
石はむしろ誇らしげなのではないか
痛々しい切り口で

内なる自分が峻烈さを伴い
発光したのが
言いくるめられる生き方から
解放され　自分が顔を出したのが
傷みを引き受け
傷みに耐えながら生きること

＊

葵紋の禅寺・圓光寺*の前庭に
尖り立ち　直立する石片は
或いは右に左に傾き　或いは前かがみ
或いはのけぞり　或いは互いに交差され
陽光にふんぞり返る煌めきを見せている
戦国時代からもう五百年も
自分を引き受け
引き受けた傷みをさらして

それを高邁にさらすことで
宇宙を貫通する煌めく星光と合体して
落ち着きと分限をわきまえたまま
苔も付けずに立ち続けている

これは武士の意地なのか

こんなに容認を拒絶する石の造型が
あっただろうか
こんなに厳しく己れの生をつかみ出した
芸術が　あっただろうか

＊ 京都・瑞巌山圓光寺　開基徳川家康

筍

筍は突き破る
一日に五センチ　一日に十五センチ　さらに…一
　日に三十五センチ
日々　自分の限界を突き破って
伸びる。

そしてやわらかな内側は、

ああ
筍は泣いている。

竹音

竹は水である
その涼しげな音を聞け
高潔な竹の心は
打てば響く竹の心は
カーンと音立てて　行ってしまうのである

竹林をさ迷う月は二つ
一つは竹林の闇を照らし
一つは竹林の闇に消える
水は日ごと汲み上げられていく
汲めども尽きぬ思いだけが空を仰ぎ
長い節は月を見上げる女の青首　女のうなじ
竹は止まることを知らない水である

さやさや　と　そいやそいや　と
網根から音たてて無言の時間が吸われていく

―これを見て見ず
―これに逢いて逢わず＊

竹は水である
水に決まった行き場などはない
また決まった形状も決った心もない
高潔な竹の心は　カーンと音立てて
遥かなる境地へと　行ってしまうのである

＊　禅の言葉

「覇気」二五五号
『日本現代詩人会70周年アンソロジー』（二〇一八年訂正）

冷光

蛍火は
闇を明るくするために
光るのではない
さらに安らぎの闇へと
導くために光るのだ
足元のみを照らす
小さな灯りに似て

寄り添ってくる優しさよ
危うき者たちよ
この穏やかな息づかいは
どこから生まれ
どこへと誘うのだろう

冷たい意識の中で燃える
閃光のように
その冷光は　蛍の全貌を
浮び上がらせることもない
つがいは闇の中で愛し合う
激しく明滅を繰り返して

手のひらから
ふわりと立ち上がる
懐かしき者達よ
飛びいく所があるとすれば
氷の橋を超えた所にある

紅葉燃える

紅葉は燃えているのではない

病んでいる熱のほてりに
至らなさを燃やしているのだ
守ることのできなかった自分の力のなさに泣きながら

紅葉は燃えているのではない
歪み曲がる枝葉の影に
不甲斐なさを燃やしているのだ
何ひとつ
何ひとつ　と
してやれなかった自分の軽さを見つめながら

生きることの重み
紅葉はその重みに燃えているのではない
何も持たずに散ることの空虚なまでの晴れ晴れしさ
緑葉のススキの宙を穿った切っ先の鋭さに

孤愁の焔《ほむら》を燃やしているのだ
わくら葉のたわ言呟きながら

渓谷を見下ろしたまま
傷ついた幹をあらわにして
紅葉は静かな秋の日を燃やしつづける

「覇気」二五〇号特別号

どのくらい祈りの鐘を鳴らしたら

鳥は一本の穂を咥えて
希望の地へと飛び立っていったが
私はというと
堂々巡りの席替えを願い出ている始末
海を渡ろう　と声が聞こえる
長い道のりとは　どこへ行こうと

しているのだろう
どのくらい泣いたら傷は癒えるのかしら
握り締めても一粒の麦もない掌

難民は良き生活を求め
命がけで海を渡っていくけれど
私はというと
巡ってきた日々に保留の紙を貼っている
風を呼ぼう　と声が聞こえる
長い道のりとは　いったい何をめざすのだろう
約束の地に許しあえる日は来るのかしら
あとどのくらい抱擁の頬に触れ合えたなら

天空を走る鹿の目は
平和を映すというけれど本当かしら
私はというと
稔りのない言い訳の唇を噛み締めている

虹をつかもう　と声が聞こえる
長い道のりとは　あとどのくらいなのだろう
あと何羽鶴を折ったら平和は来るのかしら
あとどのくらい祈りの鐘を鳴らしたら

実践国文科会「りんどう」四二号

月を掬う

池水に月が住まわっている
築庭の上から覗き　下を巡って眺め
逡巡し　迂回し　彷徨し
また戻っても
変わりなく月は住まわっている
静謐なこんな夜に
煌々と月は二つ

池石が祈りの耳を澄ましている
庭草が祈りの手を添えている
寺影は祈りの眼を落としている

息を吸い込む
思わず　息を吸い込む
息を吸うことを
忘れていたような

水面を切り裂いて
手のひらに掬った

思いがけないほど冷たい池水にも
やはり月はいた

「覇気」二二八号

毀れていったもの

赤ん坊の固く握った掌のなかに
何があるのか　知ってる?

掌を固く握ったまま
生まれてくるよね　嬰児は
その掌のなかに
何を握ってるのか
知ってる?

嬰児が泣き出すと
掌は少しずつ開いて
また蕾《つぼ》んだりして開いて
その可愛い五本の指を数えたりした
人差し指を挟ませたりもした

そうして　すっかり
その掌の中を覗くことができたけれど

でも　どうしても
嬰児が初めて掌を開いたその瞬間に
大切な何かが毀れ落ちていった
そんな気がしてならない

砕け散る荒磯の淋しさ
荘厳な夕陽が割れる薄雲のかなたに

そのとき掌から毀れ落ちて行ったもの
泣きながら失ったもの
あれは生きる代償に失ったのかしら
それとも――

それからずっと
それを求めて
旅をしている気がしてならない

「覇気」一二三八号特別号

ツバメ

アマツバメ[*1]はジャックナイフ
三日月型のハンター　時速約50キロ
夕空の王者　飛びながら餌をとり
水を飲み　水浴びをして　飛びながら眠る

地上を走る獲物や木の枝の昆虫といった
いやしいものは　ねらわない
束縛を押し付ける地面になぞ
めったなことで降りはしない
地上千メートルの羽蟻や美しい渡蝶をねらう茜空

のシルエット

同じツバメの仲間でも　軒先に住むものには
それほどの力もない　それほどの羽もない
けれど　言い訳はしない
血の中に生き続けるあの力を信じて　飛び続ける
　だけだ

雨上がりの緑の空を
スイーッ　クイーッ　誇り高き胸を張って
輝かしい先達たちの曳航が頭をかすめるたびに
スオーッ　クイーッ　空を翔《かけ》る舟になりたい

かまびすしい声　急降下
すれすれのスリリングシュート
おっとっと　ホバリングカーブ
子育ての三週間は　人混みも　なんのその
ねらった獲物を取り逃がしている暇もない
(千円の背広一枚を売るにも命を賭ける)*2

だが　海を渡る日は　誰が決めるのでもない
自分で決める
日の長さと　太陽と星の位置と　尾羽の長さを見
　定めながら
希望よ　自分の運は自分で測るしかない
…そして　ツバメがいなくなると　決まって日本
列島は雪だ

＊1　アマツバメ…アナツバメのこと。
＊2　水上勉の言葉

「撃竹」八〇号　二〇一二年十二月

Nine thousand feet

あなたの胸のなかにも
うちこまれた深いくさびがあって欲しい
私の胸のなかは
うちこまれた深いくさびでいっぱいだから
あの言いようもなく深いロッキー山脈の岩影のように
どうしようもなく暗くうずきだして
もう止められない
One thousand feet
Two thousand feet
Three thousand feet　あああー

あなたの胸のなかにも
零れ落ちていくものがあって欲しい
私の胸のなかは
零れ落ちていくものでいっぱいだから
あの言いようもなく寄せるナイアガラ瀑布のように
どうしようもなく重くあふれ出して
もう止められない
Four thousand feet
Five thousand feet
Six thousand feet　あああー

振り向けば　今もあなたの
幸せ　きつく願っているけれど
振り向けば　今もわたしは
変わらない心でいっぱいだけど
あの言いようもないレイクルイーズの湖底のように
どうしようもなく青白く沈み込んで

もう止められない
Seven thousand feet
Eight thousand feet
Nine thousand feet
Nine thousand feet

Everyday

Everyday　なにもなかったさ
Everyday　話すほどのことなんか
せめて　陶酔の果ての終わりであって欲しかった
　けど
覗いただけで引き返してしまった　実りなく
一羽の小鳥も水飲みにやってこない居眠る沼
ルルル
サフランの内気な匂い

こうもりのごとくあまたの希みが飛び去っていく
でも　真剣に生きていたよ
戻ってこいよ　あの暑かった入道雲の夏
意味も解らず過ごした刻よ　ルルル
Everyday　失うことを恐れ
Everyday　徒に腕を振り回していただけさ

Everyday　なにもなかったさ
Everyday　記すほどのことなんか
もっと　熱情的な生の実りを夢みていたんだけど
何もせぬままに押し戻されてしまった　実りなく
絵師が記憶の筆をとる通り雨の思い出の森
ルルル
スミレ草の控えめな香り
秋のような深い悟りが響いて欲しかったよ

でも　精一杯やってきたよ
戻ってこいよ　海に輝く溶けるような日の光
もっと信じることができたならば　ルルル
Everyday　溺れることを恐れ
Everyday　徒に腕を振り回していただけさ

でも　人生を考えていたさ
戻ってこいよ　わが街の浮世の裏町
ちっぽけなことに固執した日々　ルルル
Everyday　涙をこらえる人のごとく
Everyday　徒に腕を振り回していただけさ

「覇気」／「詩と思想」二〇一五年三月号

夕雲

ごめんね
と　ひたすら謝り続けるしか
夕雲には
ない

うねる波頭
頬を切る冷風
砂浜に残る轍の跡
そして　何も語らない海原

何度考え直しても
ごめんねと　謝るしか
夕雲には
何もない

次第に眉を暗くして
歪む山影
今となっては

今となっても
ごめんねと
言い続けるしか
夕雲には
ない

やがて
廻り回る血となって
来し方を訪ね
地平線を歩き
もろもろの闇を抱え

野火となって

棚引く彼方へ
消えゆく日がきても

ごめんね
と　言い続けるしか
夕雲には
ない

「撃竹」九六号　二〇二〇年十月／「覇気」二七一号

言葉たちよ

鋭い棘となって突き刺さったとしても
君たちは悪くない
醜く打ちのめしたとしても
君たちは悪くない

だから　嘆くことはないよ
ここにおいで
誹謗と中傷と暴力を背負わされた

惨めな言葉たちよ
君たちが心ないのではなくて
平気になれない私が　あまりにも弱すぎる

ここにおいで
私の周りで痛んだ羽を休めるがいい
吐き出された言葉たちよ
君たちが心ないのではなくて
聞き流せない私が　あまりにも弱すぎる

私は焼かれる魚　じりじりと
空に目を向けたまま

私も君たちを利用して
その効果に驚き
たじろんだ事があった　知っているよ
そんな私の至らなさを

思慮深さに欠けていたのは
思いやりに欠けていたのは

だから　自分を責めることはないよ
ここにおいで　みんな
討ちのめされ傷ついた言葉たちよ
私の周りで痛んだ羽を休めるがいい
幼い頃からいつも一緒だった
捨てられた言葉たちよ

「撃竹」八一号　二〇一三年十二月

金の蜜蜂

黄色い列車
ああ　金の蜜蜂よ
光り輝く線路を走らせ

一直線に遠ざかって行った

沢を駆け　暗い山道を越え
瞬く間に遠ざかって行った
飛び去る電柱の影
振り向くこともなく

ああ　金の蜜蜂よ
慌ただしく　尾を震わせて
遠ざかって行った
知らなかった
飛んで行ってしまった事の
本当の意味を

虚しさは夕焼け空の羽の音
四角い窓の灯し火に
何望むなく　願うなく

ああ　金の蜜蜂よ
振り向くこともなく
皆行ってしまったのだねえ

「千葉日報新聞」新春詠　二〇一九年

思い出の香り

遠く離れているから
よい思い出が　紡ぎだされる

遠く離れているから
よい思い出が　織りなおされる

よい思い出は　必ず
辛い記憶を　よみがえらせる
苦い悔恨を　逆なでる

遠く離れているから
よいのだ　と思う

遠く離れているから
よい思い出が　泳ぎ出す

遠く離れているから
よい思い出が　鍋からこぼれる

ああ　この香り
思い出の味を口に含んだまま私は
いつまでも泣いている

「撃竹」八九号　二〇一七年四月

ふぞろいな秋

私はとうとうこんな境地に
落ち込んでしまいました。
ときにはニヒルな笑いとともに
ときにはやるせない気持ちで

私は不揃いな　歪んだどんぐり
それでいいと思っています

ときには明晰な秋の瞳の下で
ときには幾何学模様に敷き詰められた
石の回廊を巡る途中で

今は鳴らずとも後で鳴り出すこともある
私はそんな希望的観測を信じてはおりません

私はただ
不揃いなものが楽しい
不完全さから込み上げてくる
あの可笑しみをこらえた
笑いが

ふぞろいなもの達よ　いらっしゃい
左右の実に押され
歪み顔をしている真ん中の栗の実
あらら　虫に食われてしまったピーマン
色あせたまま実った葡萄
そばかすだらけのリンゴ
ひょろひょろの牛蒡

ふぞろいな秋を愛しています

月光

たった一つの客席のために
一向に　日の当たらない
その一つの客席のために
澄み渡るピアニシモから始まり
池底深く差し込む月光のメゾフォルテ
そして何事も残さず去っていく
月影のその白さを

奏でよう
用意された客席のために

それは優雅な装飾のほどこされた席でも
座りごこちの良い席でもない
むしろ　椅子床はかたくなに固く

背もたれは壊れている
その席には俯いた人が一人
心ここにあらずの目をして
唇が小さく開いている

その人に
奏でよう
何の役にも立たず
何の救いにもならない詩を
何の力にもなれず
何の希望にもならない詩を
ただ　いつも側にいるよ　とささやくだけの
ほんの少し笑ってごらん　とささやくだけの

いつもピアニシモから始まり
池底深く差し込む月光のメゾフォルテ
そして跡も残さず去っていく月影の
その静けさを
奏でよう
たった一つの客席のために

本当なの？

あっ
そういうこと　やっていいの？
そうなの？
あなただけは特別な人間だから
だから　やっていいの？
予算立てて通っちまえば
何をやってもいいの？
国民は馬鹿だって思ってるって
本当？

利害関係が絡むと
人間は変わるの？
本当にそうなの？
それとも人間は変わらないの？
どうなの？

底が浅すぎやしないかしら
欲が深すぎやしないかしら
顔が厚すぎやしないかしら

みんながやっているの？
だからいいの？
でも　みんながやってるって
本当なの？

そうなの？
やれる立場になったら
誰でもやるの？
やれる立場になれないから
やらないだけなの？
どうなの？

現状はどうにも変わらないさ
なんて
しょうがなく自分でも加担して
そんなあきらめで
毎日を暮らしていけるものなの？
そうなの？

底は深いのかしら？
欲は絡み合って蜘蛛の巣？
自分の顔を立てることばかり
考えているんじゃなくて？

でも本当に怖いのは
人を魅了する美しい言葉を並べ
まことしやかに説ける政治家
そういう人こそ気をつけなくちゃ
いけないいって
本当なの？
どうなの？

暮らしの音符

ずぼらに生きるには
まず　うしろめたさに慣れること

逃げるのでもない
追いやるのでもない
（少しだけ無理はしないこと）

オオ　貝殻の波音聞きながら目覚める
ずぼらな暮らしは素晴らしい！
やるにはやるが　何事も　ずぼら
誰とも衝突しない

ずぼらを生きるには
まず　自分らしさを見つめること

変わるのでもない
変えるのでもない
（あまり難しく考えないこと）
オオ　薪の燃える音を聞きながら眠る
ずぼらな暮らしは素晴らしい！
やるにはやるが　ただし　ずぼら
誰をもうらやまない

ずぼらを生きるとは

こんな自分でもいいのだな　と知ること

首をすくめるのでもない
諦めるのでもない
（でも自分は捨てないこと）
オオ　電線上の鳥たちの音符を歌って過ごす
ずぼらな暮らしは素晴らしい！
やるにはやるが　全くの　ずぼら
誰の真似もしない
―ああ、ずぼらを生きるとは

「覇気」二一〇六号を訂正

孤高の空

もの言わず耐えている臓器のように
空は何もいわない
ひび割れたオゾン層の痛みにも
ひたすら耐える
空よ

確かに見たはずの山の万年雪が跡形もなく消え失せ
溶け出した氷原は悲鳴をあげて崩れ落ち
河は大蛇となって黒土を削りとり
樹木は枯れて無念の腕の白骨をさらし
赤潮に埋まったあそこでは窒息した魚たちが
白い腹を見せている

だけど　空は何も言わない
賢しい文明を振りかざす人類への恨みがましさも
止める勇気を振りかざせない強欲への批判がましさも
ひたすら黙したまま

耐えている空よ
なのに　その清澄な瞳は今も
高い希望を人々に抱かせ　張り詰めて輝きわたり
人々の心に美しい未来を
燃やし続ける

竹林にて

そや　そや
なぁ　そやろ　そやろ
竹林は　終日　会話に忙しい
もたれかかったり　大げさに反り返ったり
相槌を打ったり　哄笑したり
わずかな事にも身をよじり　さも　嬉しそうに
手振りを添えたり　首を傾けたり

そんなこと言うたかて
そらあかんわ
うまいこといかんのが　当たり前やて
そや　そや

竹林に座り込み　涼風をまとい
竹葉の間に広がる眩しい空を
自分の心の中を覗き込むように眺めながら
やり場を失い　そんな言葉を見上げている
竹のしなやかな動きに慰められ
柔らかな言葉遣いにくすぐられ
縮こまった心を解き放つ以外に
やりようもない

「苦しまなくていいよ」と

誰かが言った気がして誰もいない
落ち葉の舞う竹林を振り返ってみる
竹林の井戸端会議はいつまでも続き
そして　竹林はどこまでも静かだ

静けさが私の胸を衝いてくる
静けさが私の心に囁きかける

雨の竹林を去っていく人がいる
手を垂らしているのは
懐かしい人の手を探しているのだろうか
深いおじぎをして　白路地のはるか奥へと
すうーっと　音もなく消えていったのが
誰に見えなくても
私の瞼には　はっきりと
映っている

海のなかに

首が生えている
首の下はない
悲しみの首
首は皆　浜のほうを向いて
始終上下する波頭に
口惜しくも洗われながら
首はしっかり己の生首をあげて
吹いている風の中
首を上げている

今はない住居を見ている
今はない学校を見ている
今はないブランコ
今はない校舎の窓に映る夕陽を

今はない精米所の匂い
今はない薔薇園の甘い香りを
飛んでいた金色の蜜蜂の震え
今はない喚声　遠いどよめき
今はない友の白い足

後ろ髪を引かれながら見る
ぽっかり浮かんだ白い雲
首は
生きていた風景の中に
いつまでも立ち止まる

「覇気」三〇二号

高原の春

春が来たことを知る
冬は終ったのではなく
裏返っているのかもしれない
反転する図形のように

方向性と速度を持つ一点が膨らんでいく
面積をもたない芽が膨らむというのも
可笑しな話だけれど
花の芽も木の芽も何もない先から確かに膨らんで
微分という関数も働いているらしい

山の春はおずおずと　やってきて
地上を這いながら　わずかに左巻きに伸びて
岩陰やら三角錐の谷間の片隅に
ささやかな自分の居場所を探している

開花順は目には見えないけれど
養分や水や日光や蜂の羽音　それに確率論も加わ

って
それぞれがそれぞれに　気を使いながら
引き算をしながら咲いているのだ

薄暗の地上を這う悩ましい世塵の宵にも
かすかな希望の光を灯し　Σ記号となって揺れて
いる
困ったような小顔をのぞかせる
高山植物の白い花スノードロップよ

今年も山々は　真白い雪を被って
素数のように聳えているよ
尾根は　尖った路をくねり折れ線グラフのように
次第に空へと導いてくれているよ
高原の春は　息吹の馬車に乗って
萌える若草の匂い　渡る風の音色
オイラーの公式のように
美の曲線を散らしてやってくる

『千葉県詩集』二〇二三年

陽だまり

人は素数だ
割り切れたりはしない
大勢の分母に組み込まれそうなときにも
自分だけの孤立した憂愁を生きている
だから辛いのだと　思うのだ

明るい光が射しているぽっかり空いた
無言でありながらも
過去からの押し寄せてくる陽だまりの懊悩を

色づいた葉がひらりひらりと舞い落ちている喧騒
桐の花びらが　一瞬を散っている

循環したりしない無限少数の続く
日常の円周を巡り回る　辿り着かない苦悩

まるで　自分を愛おしむように舞っていく花びら
　たち

知っているのに誰も教えたりはしない
秘密の物語に
なんと　この世は満ちていることだろう

あなたは
辛いのは明日が閉じられた事ではなくて
自分だけしかいない　このままの明日が
どこまでも続いていくことだ　と　言った

何の喜びも感じないまま
着実に閉じていく空間に身を置いて
日を繰ることだけを希みにして
あなたは複素数の乾いた声で笑っている

閉じてしまった貝殻の　方程式の解を見失った苦
　い心情
秋の日の　蒼ざめた矜持

「覇気」三〇六号　令和五年十月

川

川の中に
もう一つの川などありません
ここではない何処かなど

川の中には存在しません

川の底に
昔日は流れても
求める明日など　見つかるはずもありません
川の中には夢の欠片しかありません
川の上を　希望は蜻蛉の薄翅のように輝き
川の上を　雲もまた友のように流れ
月は涼やかにたゆたう月影を散らしています
辛さだけが虚しく低く　さすらう春の夕暮れ

川の中には風が吹いていて
川の底には吹雪が渦巻き
川の真中ではいつも誰かが泣いている

川の中にひとつの灯り
祈りのような　そのひとつの灯りだけが
確かに　確かに
消え入りそうに川の中を流れていて
口惜しそうに　流れていて
沈みそうに　流れていて

「覇気」三〇七号　令和五年十一月

笑う埴輪

本庄市の前の山古墳から出土した
盾持人埴輪の三体の笑いには
邪気を払う念力が込められているということだ
大きな丸耳と鷲鼻に　三日月形や丸形の目
しゃくれた顎を突き出し
ニッと開いた口許の　あの無邪気な笑いに——
誰もが丸くならないではいられない

誰をも愉快にしないではいられない
誰をも仲間に誘わないではいられない
誰をも腑抜けな顔にしないではいられない
あの不思議の笑いに込められている魔法の力は

誰が考えたのだろう
盾を持って身をかばいながらも
慈悲を乞うでもなく　降参するでもなく
まして　毅然と相手に立ち向かうのでもない
むしろ　おどけた三体の不思議の笑い
——ウハハ　フヒヒ　そんな声が聞こえてくる

日本の神様は笑いが好き
日本の神様は高笑いする祭りが好き
日本の神様は笑いの渦に降臨する
笑いで立ち向かう　笑いで邪気を払う

そんなことを誰が考えたのだろう
そんな無邪気なことを——
ああ　そうだ
天の岩戸を開いたのは天手力男命の腕力ではなく
天宇受売命の踊りに興じた人々の笑いと歌声だっ
た

歌を唄っている埴輪がいる
右手を丹田にあて　左手を耳にあてて
小さな　可愛らしい　無邪気な口を開け
声帯を精一杯広げて　天へと響かせている埴輪
あれは神に捧げる歌声
すると笑いもまた神に捧げる笑いなのか

田楽から伝わる翁舞・黒式尉のひょうきんな仕草
神に響く鈴音　沸き起こる人々の笑い声
そこに宿る　大地の恵み　農作業への喜び

そして
もしかしたら
それが微笑仏の原点なのではないか

そして
もしかしたら
どんな天災にも人災にも
笑いで乗り越えてきた日本人の
それが日本人の　底力なのではないか　と

＊　盾持人埴輪…前の山古墳の墳丘中段の埴輪列に配置されていた。南向きに開口する石室入り口の左右両側から、盾面を外側に向けた状態で出土。

『千葉県詩集』二〇二三年

エッセイ

第4節　詩に描かれる竹

竹の詩人として、誰もがすぐに想い浮かべるのは萩原朔太郎でしょう。〈地面の底に顔があらはれ、さみしい病人の顔があらはれ。〉で始まる朔太郎の代表詩「地面の底の病気の顔」及び「竹」と表題のついた詩二篇は、詩集『月に吠える』（一九一七年出版）に収録されています。

ほの暗い竹林のからまった根の広がる、〈さみしい病人の顔〉をした地面に、人知れず生えそめる青竹の細根と、早朝の凍った地面を貫いてまっすぐに伸びていく震撼《しんかん》するイメージは、病める魂の神経と感情を描いた作品として、日本現代詩の分野を切り開きました。まっすぐな竹とからまる根の対照を用い、観察力を生かして描いています。「竹」の一篇の前半をここに紹介しましょう。

竹

光る地面に竹が生え、
青竹が生え、
地下には竹の根が生え、
根がしだいにほそらみ、
根の先より繊毛が生え、
かすかにけぶる繊毛が生え、
かすかにふるえ。

かたき地面に竹が生え、
地上にするどく竹が生え、
まつしぐらに竹が生え、
凍れる節節りんりんと、
青空のもとに竹が生え、

竹、竹、竹が生え、

（「竹」より）

「病気の地面」は、からまり広がる根元の表現であると同時に、破滅型の生活態度をとった朔太郎自身を示しています。その地面からするどく生え、りんりんと伸びる青竹のイメージは、鬼角が生えるに似ておどろおどろしいのですが、大いなる生命力の竹の属性を用いて、厳しい自然から生まれ出る竹の神秘性・異端性をこれほど見事に表現した詩は他にないでしょう。竹は大昔より神秘の象徴でした。朔太郎は竹を描くことで、自己の文学萌芽の異端性を描こうとしたと思われます。

竹製品は便利な生活道具であると共に、祭具に用いられたことが知られています。竹製の箕はもともと神に捧げる農作物の入れ物であり、竹櫛は巫女が髪に挿し、竹の串は田の神や海神が降りる憑代《よりしろ》でした。現在でも七夕やお酉さまの熊手、門松などに竹が用いられます。『竹取物語』の不思議な話が生まれたのも、竹が神事に関係深いことに起因しています。竹は熱帯地方原産ですが、その加工しやすい特性やしなやかさは日本人になじみやすく、生活必需用具として最も親しまれてきました。人の性格にも「竹のようにまっすぐな」「竹を割った」の比喩さえ用いられます。

木津川昭夫の詩集『竹の異界』（一九九八年刊行）に、竹と日本人の関わりを描いた「竹の由来」「竹の異界」などの詩篇があります。竹を用いた神事や、神話・昔話に登場する竹の話を多く取り入れ、更にそれらを描くことで日本人の性格を浮き彫りにしています。

竹が、いかに日本人と関係深いかを、作品から追ってみましょう。

竹の枝に紅い札がピラピラと結んである
竹人形が人に代って焼かれた
竹林の奥で片目の男が尺八を吹く

竹は神の降りる憑代を囲んで立つ
竹は白い着物を好む
ほとを曝し笹をもって巫女たちは踊る
（中略）

祝祭の日に　古い竹林が枯れる
神仙が猪になって岩穴に隠れる
老人の一物が青竹になって繁茂する

竹が好きなのは満月の海である
漂流してゆく民と鯨を笛がおくる
再び帰らないものを竹は知っている

（「竹の由来」より）

神事などに用いられた竹をユーモラスに語り、日本人という不可解な存在に迫っています。最終行〈再び帰らないものを…〉は、無常を好む日本人を揶揄した表現です。

朔太郎の竹林は暗くさみしいイメージですが、〈竹林のなかは意外に明るい〉と言っている詩人もいます。戦争文学で知られる直木賞受賞作家・伊藤桂一です。伊藤は戦争体験が長く、戦死した戦友との語らいを描いた詩集『竹の思想』（一九六一年私家版。のち『定本・竹の思想』出版）があります。竹林は死者と語らう異境への入口であり、傷ついた心を癒すために彼は、くる日もくる日も竹林をさまよったと言います。詩篇「風景」「竹」「竹の歌」「竹のある風景」で、にぎやかに語りかけてくる竹と自由無碍《むげ》に語りあう姿には、静かな落ち着きとともに戦友への鎮魂がこめられています。彼もまた竹の性質に日本人を見た一人です。

竹の歌

竹があると
山はやさしくなる
竹が

あまえるので
＊
竹があると
山はときどき笑う
竹が
くすぐるので
＊
竹の媚態は
涼しい
触れると
溶けてしまいそうだから
＊
帰りがけに
竹だけはおじぎをする
夏でも鶯の鳴く
奥多摩の渓流のほとりで
＊
いちにち　竹をみて
鶯を聴いて
それだけで帰ってくることもある
空の魚篭《びく》にはその日の潺湲《せんかん》を仕舞って
＊
竹をみていると
ひとはやさしくなる
いちばん身近なひとのなかへ
溶けてしまいたくなる
＊
のびあがり　くぐまりして
竹はいつみても体操をしている
この世はすべて
音楽に満ちているのだろう

人間めいた竹の動き、竹に慰められる人間。ここには異端児として、孤独や暗さから生まれるイメージは影をひそめています。おじきをする竹とは何と律儀ではありませんか。しかしながら、伊藤の詩が竹の神秘・異端性を忘れているのではないのです。竹はあの世からの霊魂の来臨であり、戦場の苦悩を経ながらも身をゆすって笑い合うおおらかな死者たち。竹に死者たちの魂を感じているところに、伊藤の詩の温もりと優しさがあります。

私達は竹の道具と共に生きてきました。竹の傍らで泣き、竹とともに笑いながら、竹の心を自分の心として受け止め、いつも身近な存在として、竹に感謝しながら生きてきました。生活の苦悩のなかで、その孤独な暗い出生を突き破り、天に向かってまっすぐに伸びていく竹の強靱な生命力に、生きる力を得たり、しなやかな物腰で接してくれる朗らかな竹の属性にときにはあやされながらも、竹のもつ神秘性や異端性への畏怖を持ち続けた民族であると言えます。そうした竹への思いを心の奥底では、今でも私達は受け継いでいるのではないでしょうか。

『房総ふるさと文庫―竹―』（平成十六年十一月十二日）所収

わが詩の源流

生が抱える寂しさを

詩を書き始めたのは三十代、もう若いとも言えない歳になって、何の考えもなく詩作を始めてしまいました。詩というものがどのようなものなのか解らないまま…。しかし、書き始めた当初から朧げながら感じていたことがありました。それは多分、私はこれから〔寂しさ〕といったものを書いていくのだろうなとの漠然とした思いでした。それを命の寂しさと思うようになったのは後の事です。

文学をなさる人には二つのタイプがあると思います。文学に華やかさを求める人と、寂しさを感じとる人。この二つは明確に分けられるものではないのかもしれません。

詩の歴史は、実験詩のような斬新な試みが幾度もなされ、発展してきています。表現、象徴、フォルム、歪み、選択の不安などの詩法を超えて、現代では言葉の威力やその音楽性、一人歩きする意味性、喚起されるイメージの膨らみ、言葉の綾と不透明さ、文法を無視した言葉の構築等々、そうした新詩法への取り組みが行われ、こうした詩法がこれからの現代詩をリードしていくのだと考えます。

こうした取り組みは、これは私の個人的な考えにすぎませんが、文学のもつ華やかさなのだろうと思うのです。

私はずっと自己の内面を追うことを求め、喪失、孤独、生の震えなどの〈心の寂しさ〉の本質と向き合いたく思ってきました。象徴や、比喩・暗喩や、時空の交差や、抒情や幻想を用いて、なんとかその入り口を開きたい、到達できなかった内奥へと滑り込ませたい、そのような思いで書いてきました。誰にでもわかる易しい言葉で、どなたもが抱えている内的真実を探りたかったのです。

おそらく、現代詩のもつ斬新さとはかけ離れていることでしょう。それでも詩が、人間という存在の未知なる部分に迫りたい願望から発していると考えれば、私の詩もまた、全く外れているということもないと思うのです。

詩篇「石は　3」は京都左京区・瑞巌山圓光寺の前庭で見た（削割された傷痕を見せながらも、陽光に輝き立ち続ける）石の造形物への驚愕から生まれました。この造形物は、しのぎを削る戦いを日常とした武士ならではの、生の光芒を示す芸術だと思うのです。命をさらして生きる者の〈気迫の寂しさ〉がどこまでも私にからまり続け、忘れられない光景となりました。

「詩と思想」二〇二二年十一月号

解説

凝視・沈思する眼の輝き
——詩集『缶蹴り』を読む

冨長覚梁

詩集には中谷順子さんの新しい詩人宣言といいたいほどの、清新な世界がみごとに開示されています。作品のいずれも凝視した沈思される眼の静かな輝きをもち、そしてことばの響きあい、その潺々《せんせん》と諧調を保つ表現によって実にこまやかに想念が醸成されています。

その健気に立った華奢な脚が物語っている／何よりも／その細身の波打つ心臓が物語っている／贅肉のない引き締まった姿態に／無防備にさらけだした／明日のない　小さな灯し火が揺れている。

しかも一巻を貫く抒情の清冽さは詩作の多様な試みと表現の彫琢《ちょうたく》とあいまっていささかも濁ることはありません。したがってその抒情は詩の昇華としてゆるぎない完成度をもって中谷詩を形成しています。実に深いものに満ちています。

（「神鹿」より）

「千葉日報新聞」

多彩な詩的結晶

——詩集『缶蹴り』を読む

根本　明

この詩集は粘り強い思索を重ねて構成される優れた作品世界だ。最初に置かれた作品「東大寺・金剛力士像」は運慶・快慶作の仁王像の魅力に迫る。木像はパーツの複合体というより細部のパーツすべてが意志をもった高度な生物体に近いと説く。

どうして　そのことに気づかなかったのだろう／芸術は言葉であることに／言葉を繋ぎ合わせ　隠れた意味を埋め／浮遊する思想をたぐり寄せ　心の声を聞き／至らなさをつむぎ　頼りなさを継ぎ足し／移りゆくものを追いかけ／声にならない阿音を発して　創り上げるということに

（「東大寺・金剛力士像」第六連）

仁王像が言葉の芸術と同一だという認識へ到達する。この理念性が作品の気品を高め優れたものとしている。九連で七十行近い大作だが、引用連の一行目は他の連でもリフレインとして配することで作品を引き締め、効果的な連として読者を飽きさせない。そして作者の思索を重ねる詩的情熱に瞠目させられる。

ほかにも美術や音楽に啓示を受けた「微笑仏」「キリストの足」「笛を吹く人」なども魅力的で、中谷氏の教養の深さや関心の幅広さを示している。

村野四郎の名作「鹿」を想起させる作品「神鹿」「森の声」は生命の神秘への憧憬を書く。また作品「蟬」も対象に寄り添い生命の謎と魅力に迫る。「蟬」の三連目、

なぜ　蟬の成虫は／水も食もとれない奇怪な姿に

変身するのか／それは　絶望の果ての分身なのか
という独特な視点には非常に驚かされた。

コロナについて展開する「優しさとは」、二〇一一年東日本大震災をテーマとした「津波を越えて」は歴史的な視点の上で表現の広がりをもって追求された力作であり、時宜的問題に全力で対峙する姿勢とその個性的表現には圧倒されるし、学ぶことの多い作品だ。

また表題作品「缶蹴り」は少女期の孤独や哀しみを描く。この感性を形作る原点としての思い出を「鶏卵」「秋川渓谷」「紙くず」など数篇で描いてゆく。これら柔らかな内面への掘り下げは、前半の外的指向と対を成し、本詩集の重層性と豊かさをもたらしていると思う。

「千葉県詩人クラブ会報」二六二号　二〇二三年七月一日

中谷順子「高原の春」について

鈴木久吉

一　はじめに

一般に、数学に限らず、私たちは色々な分野の専門語を詩の言葉として借用しています。多くの場合、その語の専門上の正確な意味より、詩的イメージの方を大切に考えています。

そのような詩に現われる専門語を観察するとき、次の三つの類が考えられます。

（1）日常語の中から生まれた専門語
（2）日常語化した専門語
（3）専門分野においてのみ使われる専門語

ここで日常語とは、専門語の相対概念のつもりで用いています。つまり専門語以外の言葉を意味します。（1）は専門知識を必要としない語であり、（2）は専門の知識を活用できる語であるとも言えます。（3）はもっとも使用の難しい語と言えるでしょう。

数学の場合、「高原の春」を例にとると、

（1）には、反転、図形、方向（性）、速度、面積、
（2）には、関数、三角錐、確率（論）、引き算、素数、折れ線グラフ、
（3）には、微分、Σ記号、オイラーの公式

があります。Σは、数学では和（Sum）の記号ですが、ギリシャ語の一字母でもあるので、その意味では（1）に属します。

二　「高原の春」の解釈・鑑賞

春が来たことを知る
冬は終ったのではなく
裏返っているのかもしれない
反転する図形のように

春とのリレーゾーンに入っても、まだバトンを渡そうとしない冬の未練を、反転する図形に喩えています。この独創的な表現によって読者は第二節以下へ引き込まれます。緩くつながる七つのシーンで構成されるこの詩のフィナーレの直前においても、執拗に冬が登場します。以下各節ごとに読みます。

方向性と速度を持つ一点が膨らんでいく
面積をもたない芽が膨らむというのも
可笑しな話だけれど
花の芽も木の芽も何もない先から確かに膨らんで
微分という関数も働いているらしい

「方向」や「速度」は、どちらかというと物理系用語なので、「一点」とは力学における質点であるともとれます。質点には大きさは有りません。（注、大きさを「面積」で表していますが、ここでは体積の方が数学的には無難です。）しかし、力学なんか持ち出すまでもなく、「方向性と速度を持つ一点」と言うだけで、花や木の芽の原形が、なにかエネルギーを持った点であるというイメージにつながります。

万物、無に近いところから生ずるという、不思議な自然界の一端が語られているのがこの節です。質点の運動が、微分方程式で与えられていることを考えれば、最後の行は数学的にもうなずけます。しかし、微分方程式など知らなくとも、「微分」や「関数」という語には、芽の成長に何かが働いていることを示唆する力があるように思います。

山の春はおずおずと　やってきて
地上を這いながら　わずかに左巻きに伸びて
岩陰やら三角錐の谷間の片隅に
ささやかな自分の居場所を探している

なかなか進まない山の春です。「左巻き」は、そのもどかしさの表現と解釈できますが、逆の意味にも解せます。左巻きは数学では「正の方向（の回転）」を意味するので、「わずか」でも、山の春はプラス方向にむかっているという希望を感じさせるのです。

開花順は目には見えないけれど
養分や水や日光や蜂の羽音　それに確率論も加わって
それぞれがそれぞれに　気を使いながら
引き算をしながら咲いているのだ

開花の要因として「養分」などは当然ですが、「蜂の羽音」を挙げているのが新鮮です。読者が自由な想像を楽しめる句です。ふつう開花が先にあって、蜂の羽音が続くというのが順序ですが、その論理の逆転に面白さがあるのではないでしょうか。
また解析不能な要因は、統計学を用いて確率論的に扱われるので、「確率論も加わって」は、面白くもないほど数学的には正確な表現です。
最後の行は、開花を妨げるような要因を減らしながら、と解釈しました。

薄暗の地上を這う悩ましい世塵の宵にも
かすかな希望の光を灯し　Σ記号となって揺れている
困ったような小顔をのぞかせる
高山植物の白い花スノードロップよ

早春に咲くスノードロップに焦点をあてた節。「Σ記号」は花の形を表すのでしょう。宮沢賢治が「蠕虫舞手」において、蠕虫をαやγで視覚的に捉えたように。

今年も山々は　真白い雪を被って
素数のように聳えているよ
尾根は　尖った路をくねり折れ線グラフのように
次第に空へと導いてくれているよ

2、3、5…と並び立つ素数を頂上とする山脈が想像できます。頂上をつなぐ尾根がまた折れ線グラフであることも視覚的に明白です。

高原の春は　息吹の馬車に乗って
萌える若草の匂い　渡る風の音色
オイラーの公式のように
美の曲線を散らしてやってくる

「高原の春」のフィナーレです。文章として見れば「高原の春は、馬車に乗り、曲線を散らしてやってくる」という単純な「主語＋述語」の構造をしています。そう考えるとき、二行目の二つの名詞句は印象明白なのに、この文章構造からはみ出してしまいました。結局、二行目は挿入句として感覚的に解釈したのですが、それが詩の文法なのかも。

つぎに難解なはずの「オイラーの公式」ですが、作者はこの語の一般的語感に期待したのではないでしょうか。そうならば、オイラーが数学者か科学者なのだろうと何となく伝われば、この語の用法は成功したと言えます。「美の曲線」は読者の想像力に頼るほかありません。読者をして、彼がかつて学んだ数学のどこかで見た曲線を美化して思い出させれば、それでよかったのだと思います。

「覇気」二〇二三年十一月号

■中谷順子年譜

一九四八年（昭和二十三年）　当歳

三月十日、父・山田日出雄・母操の長女として、熊本県八代市で生まれる。五歳上に兄・莞爾がいる。転勤族の父の転勤に伴い、生後一年で北海道函館の隣町・上磯に移転した。小児喘息に罹り、以後喘息に苦しむ。六歳まで、東京都西多摩郡や秋川渓谷などを転々とし、高知市で小学校入学。東京弁を話したため、先生や友達の言葉がわからなかった。高知私立土佐女子中学校に入学したが、埼玉市高麗川に移転。高知弁を話して笑われる。中学三年のとき、東京都品川区立東品川中学校に転校。

一九六三年（昭和三十八年）　十五歳

都立城南高校（現・六本木高校）に入学。

一九六六年（昭和四十一年）　十八歳

実践女子大学国文学科入学。塩田良平博士に師事。卒業。

一九七三年（昭和四十八年）　二十五歳

結婚。長男出産。千葉市に移転。二年後長女出産。昭和五十三年頃より、千葉市長夫人・荒木香枝子夫人主催・小説読書会「現代文学研究会」に所属。会の講師・荒川法勝氏を知る。

一九八二年（昭和五十七年）　三十四歳

この頃、詩誌「玄」（主宰・荒川法勝氏）同人となる。翌年、文芸誌「文学圏」（主宰・荒川法勝氏）創刊メンバーに加わる。詩、評論、小説を執筆。「千葉日報新聞」読者文芸欄に投稿を始め「日報詩壇」年間詩壇賞、同新聞小説賞で佳作。昭和六十年度より千葉県詩人クラブ理事。

一九九〇年（平成二年）　四十二歳

荒川法勝編『千葉県史跡と伝説』（暁印書館）に執筆。「月刊近文」（発行人・伴勇）平成二年七月号に「茨木のり子の詩へのパッションと感受性①」を発表。同九月号に「茨木のり子の詩へのパッションと感受性②」

を発表。

一九九一年（平成三年）　四十三歳

「月刊近文」一月号に「新川和江論」を発表。九月より「千葉日報新聞」に「房総の作家」の連載開始。以後、現在も連載中。十月、評論『夢の海図』荒川法勝論を昭和書院より刊行。「月刊近文」十月号に「飯島耕一の詩における・空についての一考察」を発表。十一月十五日発行『ふさの詩情』（千葉県詩人クラブ）に詩「九十九里で」執筆。

一九九二年（平成四年）　四十四歳

六月、詩集『八葉の鏡』（荒川法勝氏の序文付）を東京学芸館より刊行。第八回千葉県詩人クラブ賞を詩篇「岬」で受賞。「月刊近文」三月号に「鮎川信夫論」を発表。「月刊近文」の伴勇氏に大変お世話になったことは忘れられない。

平成六～七年度、千葉県詩人クラブ理事長に就任。翌年、詩集『返信』を東京学芸館より刊行。

一九九五年（平成七年）　四十七歳

十一月、評論『現代詩　十人の詩人』を東京文芸館より刊行（鮎川信夫論「月刊近文」、伊藤桂一論「玄」、新川和江論「月刊近文」、武田隆子論「玄」、荒川法勝論「玄」、茨木のり子論「月刊近文」、吉原幸子論「玄」、飯島耕一論「月刊近文」、石垣りん論「玄」、川崎洋論「玄」を収録）。

日本ペンクラブの会員となる。鎌ヶ谷市北部公民館をはじめ、各公民館、図書館などで講演活動を始める。

一九九六年（平成八年）　四十八歳

七月、荒川法勝著『日本の存在の詩の系譜』（土曜美術社出版販売、「新」詩論・エッセー文庫9）の解説を執筆。

一九九七年（平成九年）　四十九歳

二月　詩集『白熱』を東京文芸館より刊行。日本現代詩人会の会員となる。荒川法勝編『千葉県妖怪奇異史談』（暁印書館）に執筆。千葉県生涯大学校講師となる（継続中）。北畑光男氏から誘われ、詩誌「撃竹」（主宰・冨長覚梁氏）同人に加わる。

一九九八年（平成十年）　五十歳

「千葉日報新聞」読者文芸欄「日報詩壇」の選者及び「日報詩壇」読者文芸年間優秀賞の選者となる（現在も選者を務める）。平成十年八月にカルチャー教室で文学講師をしたのがきっかけで、文学の集いの仲間を誘い、「日報詩壇・文学の集い」を主宰。文芸誌「覇気」を発行。以後月一回、手作り文芸誌「覇気」を発行、年一回印刷特別号文芸誌「覇気」を発行。

印刷特別号「覇気」出版記念会に菊田守先生を招き、講演をして頂く。以後、記念会での菊田守先生の講演が定着。「千葉日報新聞」に一九九一年九月五日～一九九五年二月九日迄連載した「房総の作家」をまとめ、十二月『房総を描いた作家たち①』（芥川龍之介、森鷗外、林芙美子、山本有三、武者小路実篤、志賀直哉、杉村楚人冠、中勘助、太宰治、石川淳、吉行淳之介、鈴木三重吉、中山義秀、三島由紀夫、立野信之、水上勉）を暁印書館より刊行。講師の依頼が増える。日本文藝家協会に入会。「カルチャーちば」（千葉市文化振興財団一九九八春四〇号）で北原亞以子氏のインタビュアーを務める。日本文藝家協会会員となる。

一九九九年（平成十一年）　五十一歳

一月一日、「千葉日報新聞」に「新春詠詩」を掲載される（以後毎年「新春詠詩」掲載）。

二〇〇〇年（平成十二年）　五十二歳

「千葉日報新聞」に一九九五年二月二十三日～一九九八年十一月二十六日迄連載した「房総の作家」をまとめ、八月、『続・房総を描いた作家たち②』（永井荷風、川上宗薫、川端康成、夏目漱石、庄野潤三、島尾敏雄）を暁印書館より刊行。

二〇〇一年（平成十三年）　五十三歳

第五一回H賞選考委員となる。『銚子と文学』（岡見晨明編・東京文献センター、六月発行）に「銚子を訪れた作家」を執筆。片岡伸詩集『陽炎』（草原舎）の「序」を執筆。『詩と思想・詩人集２００１年』に詩篇「繋がる」を発表。

二〇〇二年（平成十四年）　五十四歳

千葉県詩人クラブ会長に就任。五月、評論『続・夢の海図』荒川法勝論を東京文芸館より刊行。平成十四～十七年度千葉県詩人クラブ会長として『千葉県詩集』を編集（平成十七年度は創立四十周年）。「ちば秋の講演会」（千葉県詩人クラブ主催）での特別講演を伊藤桂一氏、菊田守氏、新川和江氏などに依頼。平成十五年に片岡伸詩集『夷隅川』（草原舎）の「序」を執筆。

二〇〇四年（平成十六年）　五十六歳

『房総ふるさと文庫・竹』（千葉県立房総のむら、十一月十二日発行）に「詩に描かれる竹」を執筆。

二〇〇五年（平成十七年）　五十七歳

四月、文芸誌「覇気」一〇〇号特別印刷号・発行記念菊田守氏講演会開催（「覇気」印刷号は三二号、四七号、六〇号、七〇号、八二号、九三号を出版）。

この年から、渋沢栄一記念財団発行の「青淵」に「文学碑探訪」を毎年執筆し現在に至る。

二〇〇六年（平成十八年）　五十八歳

六月、詩集『破れ旗』を東京文芸館より刊行。『房総（千葉）学検定』（ふるさと文化研究会・安藤操編、国書刊行会発行）に「千葉県を訪れた作家」を執筆。十一月三日、千葉県文化功労賞受賞（郷土文学史と詩人としての功績による）。

二〇〇七年（平成十九年）　五十九歳

「千葉日報新聞」に二〇〇〇年四月十三日より二〇〇四年八月二十六日迄連載した「房総の作家」をまとめ、八月『房総を描いた作家たち③』（中原中也、椎名誠、北原亞以子、伊藤左千夫、堀辰雄）を暁印書館より刊行。

二〇〇八年（平成二十年）　六十歳

「千葉日報新聞」に二〇〇四年九月九日～二〇〇八年十一月十三日迄連載した「房総の作家」をまとめ、十二月『房総を描いた作家たち④』（山本周五郎、幸田文・露伴、北原白秋、国木田独歩、井上ひさし）を暁印書館より刊行。京葉銀行「ゆとり」五〇号春夏号に「三島由紀夫　鵜原海岸を描いた『岬にての物語』」を執筆し、五一秋冬号、五二春夏号、五三秋冬号、五四春夏号に執筆。伊藤左千夫著『野菊の墓』（ＰＨＰ文庫・五月発行）の解説「『野菊の墓』をめぐる風景と風土」を執筆。

千葉市郷土史研究連絡協議会の会員となる。

二〇〇九年（平成二十一年）　六十一歳

「千葉県生涯大学校通信過程テキスト」八号に「『南総里見八犬伝』の謎」掲載。千葉県船橋市が主催する船橋文学賞「詩部門」選者となる（現在も選者を務める）。

二〇一〇年（平成二十二年）　六十二歳

四月、詩集『冬の日差し』を東京文芸館より刊行。五月、「千葉県生涯大学校通信過程テキスト」一号に「『義経千本桜』と義経伝説」を掲載。千葉の民話の50選（千葉県文化振興課）メンバーとして出席。

二〇一一年（平成二十三年）　六十三歳

千葉文化懇話会（千葉県文化振興課）に出席。船橋市主催・小説の講座の講師をする。「覇気」一八〇号記念会で菊田守氏、斎藤正敏氏、岬多可子氏講演。「千葉県生涯大学校通信過程テキスト」平成二十三年度・六号に「正岡子規と千葉県—夏目漱石との親交」を掲載。

二〇一二年（平成二十四年）　六十四歳

船橋市主催・詩の講座の講師をする。「覇気」一九〇号記念会で菊田守氏、斎藤正敏氏、北畑光男氏講演。「千葉県生涯大学校通信過程テキスト」七号に「『仮名手本忠臣蔵』にみる徳川批判」を掲載。

二〇十四年（平成二十六年）　六十六歳

三月、文芸誌「覇気」二〇〇号特別印刷号に「夏目漱石『三四郎』について気儘・私見」を発表（「覇気」印刷号は一一三号、一二三号、一三五号、一五五号、一六八号、一八〇号、一九〇号を出版）。

十月「花」の詩祭で「高見順と千葉県」を講演。千葉県生涯大学校通信過程テキストに「『南総里見八犬伝』の歴史背景」を掲載。

二〇十五年（平成二十七年）　六十七歳

第三三回日本現代詩人会・現代詩人賞の選考委員となる。「花」一月号に「高見順と千葉県」を掲載。翌二十八年より「千葉日報新聞」友の会の文学散歩案内、以後毎年行う。

二〇一七年（平成二十九年）　六十九歳

船橋市主催・詩の講座（三回）の講師をする。「詩と思想」七月号冒頭に「神鹿」を掲載される。実践国文科会「りんどう」七月号四二号に詩「どのくらい祈りの鐘を鳴らしたら」を発表。

二〇一八年（平成三十年）　七十歳

「千葉日報新聞」に南総里見八犬伝論「房総の作家・南総里見八犬伝」を三十九回に渡って連載したのをまとめ、十月、『房総を描いた作家たち⑥曲亭馬琴「南総里見八犬伝」』を出版。

二〇一九年（令和元年）　七十一歳

文芸誌「覇気」を詩・文芸誌「覇気」に改める。七月、詩・文芸誌「覇気」二六五号特別印刷号出版記念会に、山田隆昭氏、斎藤正敏氏を講師に招く（「覇気」印刷号は二二三号、二二五号、二三八号、二五〇号、二六五号、二七五号を出版）。

二〇二〇年（令和二年）　七十二歳

むらやませつこ詩集『空とことばの隙間で』（土曜美術社出版販売）、及び酒井修平詩集『ありがとう』（土曜美術社出版販売）に序文を執筆。

二〇二一年（令和三年）　七十三歳

六月、船橋市主催・詩の講座「詩作を楽しもう」（三回）の講師をする。尼崎總枝詩集『心の旅はバトン作り』（土曜美術社出版販売）に序文を執筆。

二〇二二年（令和四年）　七十四歳

鈴木悦子詩集『すぐそばにいる幸福』（土曜美術社出版販売）に序文を執筆。

五月、詩集『缶蹴り』を土曜美術社出版販売より刊行。

二〇二三年（令和五年）　七十五歳

詩・文芸誌「覇気」三〇〇号特別印刷号出版。

住所　〒二六二―〇〇一四
千葉市花見川区さつきが丘一―二二―九

新・日本現代詩文庫168 中谷順子《なかたにじゅんこ》詩集

発　行　二〇二四年六月三十日　初版

著　者　中谷順子
装　幀　森本良成
発行者　高木祐子
発行所　土曜美術社出版販売
〒162-0813　東京都新宿区東五軒町三―一〇
電　話　〇三―五二二九―〇七三〇
FAX　〇三―五二二九―〇七三二
振　替　〇〇一六〇―九―七五六九〇九
印刷・製本　モリモト印刷

ISBN978-4-8120-2837-7　C0192

新・日本現代詩文庫

土曜美術社出版販売

- 141 小林登茂子詩集　解説　高橋次夫・中村不二夫
- 142 万里小路譲詩集　解説　近江正人・青木由弥子
- 143 稲木信夫詩集　解説　広部英一・岡崎純
- 144 清水榮一詩集　解説　高橋次夫・北岡淳子
- 145 細野豊詩集　解説　北岡淳子・下川敬明・アンバル・パスト
- 146 川中子義勝詩集　解説　中村不二夫
- 147 山岸哲夫詩集　解説　井坂洋子・藤本真理子・苗村吉昭・武田肇
- 148 天野英詩集　解説　小川英晴
- 149 愛敬浩一詩集　解説　村嶋正浩・川島洋・谷内修三
- 150 山田清吉詩集　解説　松永伍一・広部英一・金田久璋
- 151 忍城春宣詩集　解説　野田新五・周田幹雄
- 152 丹野文夫詩集　解説　倉橋健一・竹内英典
- 153 関口彰詩集　解説　松本邦吉・愛敬浩一
- 154 清水博司詩集　解説　麻生直子・愛敬浩一・岡和田晃
- 155 室井大和詩集　解説　埋田昇二・柏木勇一・高山利三郎
- 156 山口春樹詩集　解説　苗村吉昭
- 157 佐川亜紀詩集　解説　石川逸子・権宅明・韓成禮
- 158 岸本嘉名男詩集　解説　有馬敲・倉橋健一
- 159 加藤千香子詩集　解説　港野喜代子・長谷川龍生・こたきこなみ・原田道子
- 160 橋爪さち子詩集　解説　河津聖恵・古賀博文・高橋玖未子
- 161 入谷寿一詩集　解説　中原道夫・中村不二夫
- 162 重光はるみ詩集　解説　井奥行彦・以倉紘平・小野田潮
- 163 会田千衣子詩集　解説　江森國友
- 164 佐藤すぎ子詩集　解説　田中眞由美・一色真理
- 165 佐々木久春詩集　解説　中村不二夫・鈴木豊志夫
- 166 新編忍城春宣詩集　解説　田中健太郎
- 167 新新忍城春宣詩集　解説　田中健太郎
- 168 中谷順子詩集　解説　冨長覚梁・根本明・鈴木久吉

〈以下続刊〉

- 田中佑季明詩集　解説　〈未定〉

- 1 中原道夫詩集
- 2 坂本明子詩集
- 3 高橋英司詩集
- 4 前原正治詩集
- 5 三田洋詩集
- 6 本多寿詩集
- 7 小島禄琅詩集
- 8 新編菊田守詩集
- 9 出海溪也詩集
- 10 柴崎聰詩集
- 11 相馬大詩集
- 12 桜井哲夫詩集
- 13 新編島田陽子詩集
- 14 新編真壁仁詩集
- 15 南邦和詩集
- 16 星雅彦詩集
- 17 井之川巨詩集
- 18 新々木島始詩集
- 19 小川アンナ詩集
- 20 新編井口克己詩集
- 21 新編滝口雅子詩集
- 22 谷　敬詩集
- 23 福井久子詩集
- 24 森ちふく詩集
- 25 しま・ようこ詩集
- 26 腰原哲朗詩集
- 27 金光洋一郎詩集
- 28 松田幸雄詩集
- 29 谷口謙詩集
- 30 和田文雄詩集
- 31 新編高田敏子詩集
- 32 皆木信昭詩集
- 33 千葉龍詩集
- 34 新編佐久間隆史詩集
- 35 長津功三良詩集
- 36 鈴木亨詩集
- 37 埋田昇二詩集
- 38 川村慶子詩集
- 39 新編大井康暢詩集
- 40 米田栄作詩集
- 41 池田瑛子詩集
- 42 遠藤恒吉詩集
- 43 五喜田正巳詩集
- 44 森常治詩集
- 45 和田英子詩集
- 46 伊勢田史郎詩集
- 47 鈴木満詩集
- 48 曽根ヨシ詩集
- 49 成田敦詩集
- 50 ワシオ・トシヒコ詩集
- 51 高田太郎詩集
- 52 大塚欽一詩集
- 53 香川紘子詩集
- 54 井元霧彦詩集
- 55 高橋次夫詩集
- 56 上手宰詩集
- 57 網谷厚子詩集
- 58 門田照子詩集
- 59 水野ひかる詩集
- 60 丸本明子詩集
- 61 村永美和子詩集
- 62 藤坂信子詩集
- 63 門林岩雄詩集
- 64 新編原民喜詩集
- 65 新編濱口國雄詩集
- 66 日塔聰詩集
- 67 武田弘子詩集
- 68 大石規子詩集
- 69 吉川仁詩集
- 70 尾世川正明詩集
- 71 岡隆夫詩集
- 72 野仲美弥子詩集
- 73 葛西洌詩集
- 74 只松千恵子詩集
- 75 鈴木哲雄詩集
- 76 桜井さざえ詩集
- 77 森野満之詩集
- 78 坂本つや子詩集
- 79 川原よしひさ詩集
- 80 前田新詩集
- 81 石黒忠詩集
- 82 壺阪輝代詩集
- 83 若山紀子詩集
- 84 香山雅代詩集
- 85 古田豊治詩集
- 86 福原恒雄詩集
- 87 黛元男詩集
- 88 山下静男詩集
- 89 赤松徳治詩集
- 90 梶原禮之詩集
- 91 前川幸雄詩集
- 92 なべくらますみ詩集
- 93 津金充詩集
- 94 中村泰三詩集
- 95 和田攻詩集
- 96 藤井雅人詩集
- 97 馬場晴世詩集
- 98 鈴木孝詩集
- 99 久宗睦子詩集
- 100 水野るり子詩集
- 101 岡三沙子詩集
- 102 星野元一詩集
- 103 清水茂詩集
- 104 山本美代子詩集
- 105 武西良和詩集
- 106 竹川弘太郎詩集
- 107 酒井力詩集
- 108 一色真理詩集
- 109 郷原宏詩集
- 110 永井ますみ詩集
- 111 阿部堅磐詩集
- 112 新編石原武詩集
- 113 長島三芳詩集
- 114 柏木恵美子詩集
- 115 近江正人詩集
- 116 名古きよえ詩集
- 117 新編石川逸子詩集
- 118 佐藤真里子詩集
- 119 河井洋詩集
- 120 戸井みちお詩集
- 121 金堀則夫詩集
- 122 三好豊一郎詩集
- 123 古屋久昭詩集
- 124 佐藤正子詩集
- 125 川端進詩集
- 126 桜井滋人詩集
- 127 葵生川玲詩集
- 128 今泉協子詩集
- 129 柳内やすこ詩集
- 130 新編甲田四郎詩集
- 131 大貫喜也詩集
- 132 今井文世詩集
- 133 中山直子詩集
- 134 林嗣夫詩集
- 135 柳生じゅん子詩集
- 136 原圭治詩集
- 137 森田進詩集
- 138 水崎野里子詩集
- 139 比留間美代子詩集
- 140 内藤喜美子詩集

◆定価1540円（税込）